孙
健
忠

著

风雨武陵山

孙健忠　著

深圳出版社

图书在版编目（CIP）数据

风雨武陵山 / 孙健忠著 . —— 深圳：深圳出版社，
2023.6
　　ISBN 978-7-5507-3766-2

　　Ⅰ . ①风… Ⅱ . ①孙… Ⅲ . ①长篇小说—中国—当代
Ⅳ . ① I247.5

中国国家版本馆 CIP 数据核字 (2023) 第 033332 号

风雨武陵山
FENGYU WULINGSHAN

出 品 人　聂雄前
责任编辑　韩海彬　敖泽晨
责任校对　万妮霞
责任技编　郑　欢
书名题字　廖伟夫
装帧设计　今亮後聲 HOPESOUND · 小九　白今
　　　　　2580590616@qq.com

出版发行　深圳出版社
地　　址　深圳市彩田南路海天综合大厦（518033）
网　　址　www.htph.com.cn
订购电话　0755-83460239（邮购、团购）
设计制作　深圳市龙瀚文化传播有限公司 0755-33133493
印　　刷　中华商务联合印刷（广东）有限公司
开　　本　889mm×1194mm 1/32
印　　张　9
字　　数　142 千
版　　次　2023 年 6 月第 1 版
印　　次　2023 年 6 月第 1 次
定　　价　48.00 元

诗文一杯酒，生死畅笑间

——悼著名作家孙健忠

龚曙光

世间有些人成朋友，不是因为患难与共，而是因为彼此瞩望。譬如我和健忠兄。说起来，我俩一直南辕北辙，若即若离，但不知不觉中，反而交成了好朋友。

和健忠称兄道弟，其实也属忘年。健忠比我长二十岁，他的长子孙佳，也只比我大了一岁多。我将他们父子同称兄弟，孙佳对此常犯嘀咕，老觉得我占了多大便宜。倒是健忠豁达，每每提及，哈哈一笑："莫管这些，莫管这些！各是各的兄弟！"

我被健忠吸引，起初还真不是因为文学。尽管那时我只是文学系的学生，健忠已是有了名头的作家，在文学湘军的阵营里，算是摇旗呐喊的主将。一次健忠回湘西办个什么文学班，吃饭时有人讲起关于他的一段故事，多多少少涉及过往。我以为健忠会内心不悦，甚至会溢于言表，不料健忠哈哈大笑，那种坦荡和爽朗，正如他老家湘西金秋的阳光，温暖，爽净，山川普照。满满一屋子吃饭的人，几乎没有不被他的笑声感染的。

那是我第一次听到健忠那么开怀爽朗的笑声。那笑声让我觉得他就是一个兄长，一个可以让陌生人引为兄长的兄长。

健忠出道早，"文革"后期已不断有作品传扬。他的这种身份，很容易让我那几届的文学系学生，产生出一些另类的眼光。直到他《甜甜的刺莓》刊布、获奖，我才埋下头来，认认真真地阅读他的作品。后来我猜想，这种另类的眼光，肯定不只我们几个大学生有过，应该是当时的文坛，当时的社会共有的短视和偏见。但似乎他并不在意。他同时期同类型的作家，有好些几十年后还在为此申辩，健忠好像从来没有谈及。一次我说起当初自己的偏见，健忠照旧是一串爽朗的大笑，举起酒杯邀我："喝酒！喝酒！"

文学湘军那时兵强马壮，声势浩大，对其未来，整个文坛期许甚高，就在这时，我写了一篇颇不合时宜的文章——《湘军，一支缺乏修炼的队伍》。文章历数湘军在文化传承、美学视野、文学技术等多方面修养和修炼的缺陷，对文学湘军的未来大大地唱了一次衰。文章虽然没有具体举证作家和作品，但一竿子打翻一船人，其实后果更严重。《湖南文学》刊发后，也承受了不小的压力，大意是"自家人拆自家的台"，"气可鼓不可泄"之类。不久，我去健忠家，进门他便说我的文章写得好，真正说到了要命的地方。打开两瓶酒鬼酒，大呼小叫地让夫人炒这炒那，一顿酒喝了大半夜。

那是我第一次进健忠的书房，案头柜边，不是海明威、福克纳，便是卡夫卡、庞德；不是陀思妥耶夫斯基、索尔仁尼琴，便是马尔克斯、加缪。健忠如此大的现代主义文学阅读量，一方面让我由衷敬佩，一方面令我暗自担忧。这样狼吞虎咽般的文学补食，是否会让健忠食洋不化，反倒迷失了自己？这种担心，一直持续到他的《醉乡》发表。

在这部长篇里，健忠找到了现代主义审美和传统湘西巫傩文化的融通点，找准了人类生命困境和湘西地域人格的纽结点，使其惯常甜美的叙事风格，叠染了生命无常的忧虑，使其封闭的田园生活，融入了社会倾覆的不安。小说的叙事，在流畅的故事讲述中，嵌入了情绪的顿挫和思想的纠结，因而获得了更强的文本张力。这种人生激越与生命苦难纠缠的审美追求，升华了健忠的文学境界。我觉得健忠已经是一位臻于成熟、值得研究的作家，并郑重地列入了自己的研究计划。我把这些想法告诉健忠，他依然是哈哈一笑，仿佛这事与他并不相关。

从山东研究生毕业，健忠很想我留在作协的创研室。阴差阳错，到头我却辗转去了文联的理论研究室。后来健忠当了作协主席，问我是否仍愿来作协？但那时我已经下定决心弃文从商了。

健忠卸任省作协主席时，我已在商海摸爬滚打好几年。一直未能完成的关于他的研究，让我内心很负疚。有空便提上两瓶酒，跑去和他喝一顿。健忠虽然身体已大不如前，后来又检出了癌症，言谈中却并不忌讳。喝酒和大笑，一如从前，完全看不出是一个生理和心理上不堪重负的人。再后来，夫人又患了失忆症，生活慢慢失去了自理能力。健忠要照顾孙多留下的孩子，又要照顾失忆失能的夫人，其苦其累可以想见。倘若换个人，精神或许就绷不住了，健忠却依然坚韧。健忠是憋着劲将这一切硬顶下来，他几乎不下楼，除了上医院，几乎不社交，除了帮作者。土家汉子的倔强劲，在生命的尽头爆发出不可思议的力量！健忠既没有放弃自己的长篇写作计划，也没有将家中老小完全扔给孝顺而又忙碌的长子孙佳。

健忠默默地已经在面对死亡了。他在一篇《如果面对死亡》的短文中，表达了自己几乎超然的心态："属于我的这个躯体正在背叛我，一天天老化并且死亡，从局部的死亡到整体的死亡。"面对日渐逼近的死亡，他打了一个很通俗的比方："比如搭车，我的站到了，该下车了；你的站没到，那么就多搭几程。最后都是要到站的，都不必把自己看得太重。"

我和孙佳虽然是同事，见面的时间也不多。除了工作上他得主持一个出版社的编辑事务，家里两个老人、几个孩子，已把他弄得焦头烂额。偶尔碰上他，我都说提两瓶酒去看看健忠，孙佳总说等他身体好一点。于是我便让他带去两瓶酒，嘱他陪健忠喝几盅。

我一直等着健忠身体好一些的日子，再到他家看看他喝酒的豪爽和大笑的畅快。没想到等到的却是他去世的噩耗。健忠临终嘱咐：不发讣告，不搞告别仪式。我是深夜翻朋友的微信，看到了祷他的挽联。

那一晚，我独自坐在书房里，历历回想我和健忠交往的点点滴滴，才发现，我们的过从实在不多不密。该要交集的时点，却经常失之交臂；该要兑现的承诺，却一直拖欠未践；该要实现的心愿，却总在无期等待……若仅就人生的交往论，我似乎不应该如此悲伤，然而听到健忠的死讯，我确实如失亲人，如丧挚友。

我给孙佳发了一段信息，仍觉悲恸难忍。于是提笔写了一副挽联：是非皆大笑，自信心不黑暗天便光明；顺悖都努力，践行人若勤奋地便丰饶。我把挽联拿到了庭院里，朝着健忠数十年未变的居所方向，对一弯明月、满园清风，缓缓点燃，慢慢烧成了灰烬。

我不知道，健忠是否收得到这副挽联。如果收到了，他一定还是哈哈大笑，而且边笑边说：莫管这些，莫管这些！下辈子我们还是兄弟！

2019 年 6 月 15 日于抱朴庐息壤斋

魂归醉乡

蔡测海

四十多年前，在老家的小学，我是一名民办教师。枫树林中的木楼里，我一边听收音机播放的《红灯记》，一边读孙健忠的散文——洛塔的河流。那是一次印象极为深刻的阅读。在滴水贵如油的喀斯特地区，孩子从天坑里取水，走到半路孩子摔倒，水没了，孩子大哭。我也曾经历过从天坑取水，一盆水，洗完菜洗脚，洗完脚喂牛。孙健忠写人缺水的困境，也正是我的生活实录。我不禁好奇，这位把水写得这么心痛的人长什么样？

那时，孙健忠已是湖南省文联的文学专业干部，也就是后来说的专业作家。那时的省文联，有周波、康濯、蒋牧良一辈延安时期的老作家，有写过《祖国，我回来了！》的志愿军诗人未央，有毕业于中央文学讲习所的谢璞。他和石太瑞算年轻作家，在基层体验生活的时候多。

孙健忠的生活基地在老家湘西。他有几年时间在洛塔人民公社，那是一处山顶上的公社。水利是农业的命脉。农业八字宪法，水肥土种密保工管，水是第一位。公社党委书记彭官恕、公社干部陈元敏、铁姑娘班和土家汉子，用手和肩膀把地下阴河引到地面，让水往高处流。多么了不起的引水工程！孙健忠就是这一壮举的见证者和书写者。

一位作家，总有一样东西相伴终生，当初的生命之水，往后，是可成为佳酿的。

某一天，我得以从一个人读孙健忠的散文和听《红灯记》的境地走出。我到吉首卫校读书，与孙健忠的兄弟孙健华成为同学。孙健忠的老屋是一栋二层楼的木房子。孙健华带我们去他家的阁楼，讲起如何偷看哥哥的藏书，雨果、巴尔扎克、托尔斯泰……年轻时代的孙健忠是读过许多书的。他后来成为专业作家，眼界高，对自己的创作要求很严格。他看到的地平线是天际，不出湘西疆域。湘汇文艺的资深编辑宋梧刚某天对我讲，孙健忠与同时代作家比较更有底气。他的《甜甜的刺梅》《醉乡》获全国大奖是意料中的事。他接着写下一批优秀的中短篇小说，又写出另一部长篇小说——《倾斜的湘西》。八十年代，孙健忠的个人史和文学史是一条平行线。他对我讲，他要写一部肖洛霍夫的顿河那样的湘西，要写部湘西史诗。我陪他走访武陵山区。行程万里，历时五十多天。在三省边的一处晒谷坪里，听一位老兵讲述，我想这人多像《阿甘正传》里的阿甘。我对孙健忠讲，这正是你要找的人。孙健忠一笑，对我讲，要写传得下去的作品不容易。

后来，孙健忠成为湖南省作家协会主席，我进省作协做专业作家，正好与他楼上楼下。他四楼，我五楼。我常去他家蹭饭，两人对酌，谈天说地。忽然，他说，"你呀，时有惊人之语"。我至今不明白，这是对我的佳评还是批评。是我年轻，不知天高地厚，令老兄长惊讶罢?

我与他有许多共同的朋友，遍布政商文各界。他从不见位尊而尊重，位卑而轻慢。局内其声朗朗，热情而坦诚。他对那些位高权重的人说，你有那个权力，有些事办得到，你要办呵。办好事，是政绩，也是积德。他也对会生活中打拼的人讲，船到桥下自然直，人生不满百年，咬一咬牙就过去了。

老兄长的话是讲给别人的，我也记住了，生活中的困厄，我扛过去了。平生无职无权，我也做了几件事。一是言扣押的士违章车，违反劳动法，剥夺劳动者的劳动权力。交管部门当月改正。二是言警惕公务员队伍弱势化，适当提高工资待遇。人事部门当年报上级得以处理。三是言长沙火车北站迁址，三年后得以处理。在作协主席团，我接任前辈石太端，联系全省少数民族文学工作，尽力做了一些事。做了这些事，都去楼下报告老兄长，他从不说这些事该怎么做，只说，你小说还写吗？我说，每天一两千字吧，已写了一些中短篇和两三部长篇。他又说，要写好。又说，获奖和转载也不算。要写好。唐宋八大家哪个获过奖？

有几回喝了酒，我对老兄长说，陈建功有几次误我为孙健忠。我说，我不是孙健忠，他名头大呢。老兄长笑说，"你当然不是孙健忠。写湘西，孙健忠就是沈从文第二？这个第二有必要吗？"后来，我与建功很熟了，又与健忠老兄长三人相聚，说来当成趣事。在孙健忠时代的湘西作家，除了他，别的名字不好记。

我将省作协的老院子叫二村。作家们，我熟识的而亲爱的朋友、前辈先后离开二村。我也搬迁至长沙城北居住，只健忠老兄长还留守二村。他是省作协老主席。坚守，是他的责任，是文学的坚持。一个地方，有一个人的理想。

健忠老兄长，在这里，你养儿、养孙、养家、养文学、养一身正气、养一生大气。在这里，你我相逢，十步开外的笑脸和挥手。

在这里，我熟识了把水写得心痛的你，见识你的青丝白头，见识你文学煮酒，把你的故乡、我的故乡，酿成美酒。心之乡土，梦之乡土，是为醉乡。

四楼、五楼、几级阶梯。你的书房，静静悄悄。你在那写过鸿篇巨制，也写过小记，真是累人的书房。老兄长，你累了，去山好水好、风清日丽的地方好好休息。人生多劳碌，不得半日闲。我此刻，在五楼的书房，一个人，安静，写一点关于老兄长的记忆，权当寄往天国的信札，权当你我茶语酒话。

与你作别的时间，是端午节。老兄长八十一岁，与你年岁之差恰如四楼五楼的阶梯。岁月为邻，心之为邻。

那回，同田瑛看你。你说，等病愈，一起喝酒。你说，你有好酒。

是的，你有好酒，藏于醉乡。

兄弟至老便好，陈年酒香。

序　如果面对死亡

如果面对死亡

从做了祖父那天起，才发现自己是真的老了，体力已大不如前，视力以惊人的速度减退，一百度老花镜不管用了，需配一百五十度至二百度才看得清五号字；碰到查字典，还需拿个放大镜帮忙。往日那一头蓬蓬勃勃的华发，已如萧萧落木，每天可以从枕巾上抓起一大把。再照照镜子，脸部已显得干巴而多皱，眼睛下边隆起两个泡子，嘴巴上下的胡子有黑也有白了，彼此间日渐疏离，已呈雉堞将倾之兆。

这些都在证明，属于我的这个躯体正在背叛我，一天天老化并且死亡，从局部的死亡到整体的死亡。

不必讳言这个铁一般的事实。人生几十年（能上三位数的极少极少），到做了祖父，也便向人生的终点接近，开始面对死亡，一步一步迎它走去。每回到殡仪馆，与年龄相近的朋友诀别，这种感觉就更强烈。有时拱出这样的念头：下一个会不会轮到我？近几年，我曾以死亡这一文学命题，写了一系列小说，计有长篇《死街》，短篇《回光》，中篇《城之角》《烧龙》等等。看样子还准备这么写下去。言为心声，想得多了，必然从自己的创作中反映出来。

一个人很难预测自己的未来，却常在设计将会以何种方式结束。就我而言，除却天外横祸死于非命的可能之外，大约心血管病是我的劫数。由于长年累月在夜间伏案写作，我落下一个痼疾，血压一直偏高，还有动脉硬化的征候。如果某一天某一时大病突发，很快了结自己，那是最好不过的。这样，一来自己身心不会有太多的痛苦，二来不会给亲人和朋友添太多的麻烦。怕只怕闹个半身不遂、半死不活地留着那么一口气，无休止地去折磨拖累家人。

依照叔本华的看法，幸福本身并不存在，若能避免痛苦即是"幸福"。活到这把年纪，似可以接受他老人家的悲观哲学了。

我自然还想到了癌症。在人类医学尚不能攻克癌症的今天，最令人恐惧的就是这个东西了。我的几位朋友均遭了它的毒手。估计上苍不会特别优待我，给我一个豁免权，那么我亦有患上这一绝症的可能。我设想那么一天，当我突然从医生和亲人的嘴里（很难，那就从他们的脸色上吧）得到这个宣判时，我也会喟然长叹。但是我要很快地平静下来，接受这个现实，认真去面对它。想通了也就那么回事，比如搭车，我的站到了，该下车了；你的站没到，那么就再多搭几程。最后都是要到站的。似不必把自己看得太重。一切都不可看得太重。万事万物，生生灭灭，周而复始，构成了这个大千世界。

依据人道主义原则和现行的医疗制度，对癌症患者可不计花费给予治疗，在全国范围里延请名医，然而对我却大可不必。明知是绝症，又何须劳师动众，拿多至数万数十万元去做无益的抛撒？我要建议，将这笔钱节省出来，派上别的用场或拿给其他病友治愈那些"可治之症"。

既然患上癌症，消息不胫而走，必有许多同志、领导及各方亲友前来探视。这又是一个大可不必。道理很简单，你不是医生，来看我何用？听你一席安慰话，看你一掬同情泪，又于我何用？最好彼此相安，互不搅扰，你忙你的正经事，我呢，在离开这个世界之前，自然也有一些事情要安排。

按常例，每天得读几页书，给读者写几封回信。习作者寄来的稿子要看，还须看得认真，给别人一点帮助。手头上若有一部长篇没有完成，我就要抓紧去完成它。如精力不济，时间又来不及了的话，那便算了，没有什么可遗憾的。在给一个人做总结时，我们往往看重他这一生做了什么，偏生忽略了他这一生没做什么。我以为后者更重要，更可以给我一个真实的评价。

我的朋友，如果我对自己的结局不幸言中了，我将平静地悄然地离开你。

一九八六年岁末

风雨武陵山

一

深秋来了，绵亘在湘鄂川黔之间的武陵山脉，日渐觉到丝丝凉意。一些阔叶林的树叶变黄，纷纷飘落；针叶林的叶儿却顽强地顶住寒风，依旧傲然地舒展着碧绿的春意。

秋虫们预感到末日将临，壮着胆儿放声鸣唱，直到唱完它们最后的挽歌。

山泉和瀑布一下就瘦了，流淌声小了。

聪明的食肉兽、食草兽和杂食的鸟儿们，正忙忙碌碌寻找和储备食物，以便在冰雪覆盖山峦的隆冬，它们蜷缩在洞穴里、窠巢里，也能安然度过。

毕兹卡（今土家族）的山民们，已经收割了春播的罂粟，熬制成鸦片，用来换取粮食和钱币。现在秋播又开始了。他们三三两两，散布在山坡耕地上，撒下罂粟种子，待来年花期后再次收割。

这里是武陵山脉中一个叫内七棚的普通场集。时逢赶场天，四面八方的山民和行商向这里麇集。场集上最抢手的货物自然是待售的鸦片。地上、木头架子上，摆满盛着鸦片的土碗、坛儿、罐儿。来收购的外路客，这里瞧瞧，那里看看，仔细品评鸦片的成色，跟卖主悄声讨价还价。

除了鸦片，场集上还有大宗粮食、土布、桐油、茶油、腊肉、蜂蜜、牛皮、兽皮、猪鬃、五倍子，以及鸡鸭、猪狗、牛羊、白面（果子狸）、麂子一类活物。

人头攒动，人声鼎沸，熙熙攘攘。蓦地，一阵凌厉的枪声，压住了场集上的喧嚣。有人说枪声是从北边山坡上传来的，也有说是东头传来的。枪声越来越密集，由远而近，渐次变得零落。接着是什么人的奔跑声，叫声，吼声，谩骂声，哀求声，嚎哭声，男人女人混杂的声音。

这是内七棚场集一个灾难的日子。

"是不是边棚土匪来了？"正捧着一本老子的《道德经》，躺在竹靠椅上的族长师兴吾，嘴里讷讷念着："道可道，非常道。名可名，非常名……玄之又玄，众妙之门……"这时听到枪声，便放下书卷，倏然站起来。家人关紧大门，抵上一根很结实的门杠。

这一次，幸喜土匪并未光顾他家，只在场集上放肆抢掠。鸦片和凡能拿动的货物完全被这伙来历不明的角色掳去。场集如遭洪水冲洗，变得"干干净净"，只剩下搭在坪坝上的孤零零的席棚。

场集边的小街有四五十栋老旧的木瓦屋，错落有致地排列在高高低低的山脊上。四面一片翠色，是覆盖山顶的密密匝匝的竹林和许多百年老树。一条小溪从寨旁流过。常有几只白鹭在上空盘旋，估摸是小溪里水草中的小鱼小虾，勾动了它们的兴味。

师兴吾的木瓦屋，其格局与别家无异，只是更宽大些，多有一层围栏的转角楼，门面拿熬熟的桐油刷过，透出古老庄重的亮色。

当晚，族人中几位耆老联袂来到师兴吾家。

"兴吾，你是族长，又是地方上的名人，硬要出头为我们做主啊！"

个头矮小、蓄有白胡须的老者，撑着油茶木拐杖，跨进门槛便嚷。

师兴吾忙将老人按在黑漆剥落的太师椅上坐下，敬茶。

"不晓得这些土匪是哪一路？"他说。

"听他们说话像是湖北来凤口音。"

"这帮狗杂种，临走时丢下话，"一位驼背老者补充说，"明年他们还要来，帮我们收下一季的鸦片。还说，要专程拜访你师兴吾秀才。"

"咋个办呀？"几位老者异口同声问。

师兴吾皱起眉头，轻声叹气，显出很为难的样子。在地方上，他家虽是名门望族，却是书香之家，祖上得授六品虚衔，父亲有从九品职衔，自己也在清朝末年考了个秀才。从祖上到他自己，从来没有人摸过刀枪。要对付这帮穷凶极恶、飘忽不定的土匪，他一时真拿不定主意。

耆老们你望望我，我望望你，又是叹气，又是摇头，堂屋里空气戛然凝固。

"怕他个卵！"突然发出一声吼，一个精壮的赤脚板老者喊道，"若再来，我们全寨人出去，拿锄头扁担跟他们拼了！"

"要得，拼了！"众人同声附议。

师兴吾始终没吭声，待耆老们走后，他把十七八岁的胞弟师兴周喊到跟前。

"去邀三四个抵实的弟兄，"他郑重其事地叮嘱，"明天一早跟我出一趟远门。"

"去哪里？"师兴周摸不着头脑。

"酉阳。"

酉阳属四川（今重庆）地界，此去有一百多里。

"去那里做什么？"

"探望人称周矮子的周燮卿，我多年前结交的干亲家。"

"哦，"师兴周似乎有点明白，说，"听人说，他在拖队伍，有好几百人枪。"

"去看看。"师兴吾平淡地说。

次日一早，天蒙蒙亮，师兴吾、师兴周兄弟同四个年轻族人，踏着露水，在晨鸡啼鸣中出发了。师兴吾脱下平日常穿的靛蓝长布衫，换上麻色家织布对胸衣，头上包着人字形丝帕，脚穿麻耳草鞋，还打了裹腿，走起路来既轻便又精神。他让几个年轻后生背上沉重的褡裢。褡裢里装满贵重的鸦片烟土。

为保一路上的安全，他们手里并不闲着，拿了防身用的砍刀、扁担和茅钎。

数日后，他们回到内七棚。装满烟土的褡裢没有了，只见扛来三口沉重的长木箱。打开木箱来看，二十杆亮铮铮的辰溪造步枪和一整箱子弹，呈现在族人面前。

他在向武陵山脉宣告：昔日的晚清秀才师兴吾，今起要弃文从武了。

"好家伙，"耆老们欣喜雀跃，"有了这些宝贝，那拨狗娘养的土匪若不想活，就来帮我们收鸦片吧！"

年轻后生们更是跃跃欲试，把枪端在手里，抚弄来抚弄去，爱不释手。一个调皮家伙故意端枪瞄着一个姑娘，嘴里"叭"了一声。

"你打吧！"那姑娘笑着说，"你打得响吗？在你手里，它哪里是枪，只是一根吹火筒，哈哈哈……"

逗得众人全笑了。

没错，这些只会握锄头把的手，从未耍过枪杆子，拿着它能有什么用？

二

一个名叫冯登庸的黔军下级军官，因与上司发生龃龉，便毅然离队，而今流落到里耶镇上，以炸油条、油粑粑糊口。

内七棚距里耶不远，行走小半日可到。

这天天气晴好，师兴吾来到里耶镇上。话说若干年前，毕兹卡的先民由莽莽丛林跋涉至此，眼见山下一条湍急的大河，一眼望不到边的平地，便欣喜若狂，手舞足蹈，惊呼："啊啊，里耶（意即可开垦的土地）！里耶！"
先民们便停住跋涉的脚步，成为这里的第一批开发者。而
今，里耶已是酉水上游最繁荣的小镇。全镇七大街十小
巷，东西南北纵横交错。街面用石灰、熟糯米加黄泥的三
合土，捶成牢固的泥鳅背，直达酉水大码头。小巷全用青
石板铺就。临街商铺鳞次栉比。沿河的吊脚木楼，尽览大
河水涨水落，货船来来去去，砖木结构的风火桶子（窨子
屋），巍巍然令人瞩目。师兴吾在小镇上转了一圈，但见
街口支着个卖油炸货的摊位，摊主是个三十多岁的男人，
中等个头，略显精瘦，两眼炯炯有神，嘴角上弯出一道刚
毅的曲线，全身上下虽是老百姓装束，却依然透出一股正
规军人的气质。

师兴吾端详一会儿，便迎着那人走去。

"我买油条、油粑粑。"他说。

"买好多？"那人问道。

"锅里炸好的全买，没炸好的也全买，还有这油锅，
这炉灶，这摊子，我也要买。"

"兄弟，"冯登庸略显不快地说，"这油锅、炉灶和摊
子，是我混饭吃的家伙，如何能卖？你是拿我旋坛子（寻
开心）吧？"

"哪里，我哪会拿兄弟你旋坛子，我是真心实意，想和兄弟谈一笔生意。"

那人仔细打量这位陌生来人，见他年岁和自己相仿，个头也相差不大，但比自己肥硕，人字形丝帕底下，红润的脸盘是和善而真诚的，眉眼里嘴角上均掩藏笑意。估摸他是当地一个富户，财主佬儿。

"兄弟要和我谈一笔生意，"他颇有兴趣地问，"不知什么生意？不是要买我去杀一个什么人吧？"

"兄弟想错了。"师兴吾笑说，"我先请问，兄弟是黔军下来的冯登庸先生吗？"

"正是。"他说。但又默神，这人怎么会晓得我？

"这么说，你是靠玩枪杆子吃饭的，如何沦落到炸油粑粑糊口？"

"唉，一言难尽。如今时局大乱，人人都想玩枪杆子，我倒无缘再玩了。"

"我请你玩。去我那里当个师爷，如今改叫参谋，如何？"

"你是……"

"我真糊涂，忘了自我介绍。内七棚清末秀才师兴吾便是。这里耶镇上，无人不晓得我这个清朝遗少。"

"哎哟，"冯登庸大惊，双手一拍，鼓起喉咙说，"怪我眼拙，有眼不识泰山，原来是地方上的大角色哟！抱歉，实在抱歉。"

"我们的生意成交了？"师兴吾笑问。

"成交，成交。"冯登庸笑着，连声说。

三

师兴吾安顿冯登庸住在转角楼最宽敞的一间房子里，待若上宾，肉尽吃，酒尽喝。日间，冯登庸在场集上操练师家子弟兵，教他们排队、立正和稍息，左转右转，开步走和跑步；教他们持枪，装弹，瞄准，射击；教他们如何利用地形地物，隐蔽自己，杀伤敌人。又安排几次打靶比赛和拼刺刀比赛。总之，一切照正规部队的军事教程，按部就班进行。

入夜，师兴吾陪冯登庸喝酒，抽大烟，兴致勃勃地"扯乱弹""摆龙门阵"，从不设定话题，信马由缰，天南地北，随意得很。说到自民国以来，军阀连年混战，大量枪支散落民间，各地武装团伙蜂起。就拿湘鄂川黔边界武陵山区而言，数百上千条人枪的大股就有七八股，百人以下数十人的小股不计其数。他们通过乡保甲长派粮派款，老百姓苦不堪言。他们抢劫财物，强奸民女，杀人放火，无所不为。他们之间为争夺地盘，争夺鸦片，时而联手，时而火拼，地方上无一日安宁，民不聊生，百业凋敝。

"我们也是迫于无奈，"师兴吾若有所思地说，"搞这么一支武装，只为自保，岩头缝里求得生存。"

冬去又春来，风调雨顺，阳光充足，转眼已是初夏，去年秋播的罂粟，花季到了。满山遍野、五颜六色的花朵箭杆般跳脱出来，摇曳在和暖的风中。硕大的香喷喷的果球，一嘟噜一嘟噜，葡萄串儿似的，压得罂粟枝干伸不直腰，喘不过气来。

山民们拿着梳子刀上山收割。头天将罂粟的果球破口，次日一早，用一张薄薄的牛骨片，把破口处流出的浆汁，刮进钵碗里，回家用锅熬成烟膏。鸦片的产量极低，一亩罂粟只收得几十两，但市场价位高得出奇，几两烟膏换百斤大米，几十两换一支步枪。望着钵碗里黑黢黢的烟膏，估算着，这一年的生计有靠了，人们脸上绽放出喜悦。

收烟时节，师兴吾记着那帮土匪去年的约定，做好必需的准备，等着他们来"帮忙收鸦片"，以及对他的"专程拜访"。他令家族子弟要枪不离手，日夜戒备。各个山头，放几处暗哨，一旦发现山匪来袭，以吹牛角为号，全部枪手即刻进入实战。

这天午后，牛角嘟嘟吹响，土匪终于如期而来，约莫二三十人，远远地就朝寨子打枪。

内七棚的后生们，在岩墙后边一字排开，盯住来势汹汹的土匪，瞄准。

"慢点儿，"师兴吾说，"沉住气，等拢边再打，一枪一个，莫浪费子弹。"

"狗日的！"一个后生骂道，"走在前头那家伙，是他牵走我的牛，我瞄准他了。"

"杂种！"又一个后生说，"后头那个，是他赶走我的猪，我也瞄准他了。"

待匪众进入有效射程，师兴吾一声喊打，二十支步枪一齐发威，叭叭叭……匪众还不曾反应过来，便应声倒下七八个，余下的转身逃离，把枪也丢下不要了。

望着他们抱头鼠窜的样子，师兴吾呵呵大笑。后生们跳起来叫好。

"追！"一个后生喊，"再不追，他们就跑脱了。"

"不要，"师兴吾说，"留他们一条命吧。想必他们也有妻室儿女、老父老母需要侍养。吃了这个亏，希望他们回去做个老实本分人。"

土匪留下的尸首中，有一具手里还抓着个没啃完的包谷球，至死舍不得丢弃。缴获的十多杆枪，大都是填火药、铁沙子的土枪。路边草丛里，丢下许多竹背篓，那是他们准备抢劫之后，用来背到手的鸦片和其他"战利品"的。

四

头一回打仗，就得个全胜，男女老幼无不欢欣鼓舞。师兴吾令人杀一口肥猪，宰一只肥羊，搬出一大缸家酿的包谷烧酒，在场坪上摆起十几张大圆桌，让全寨人坐在一起尽吃尽喝，以此庆祝他们首战告捷。

敬酒声，猜拳声，此起彼落，如赶场天一般热闹。

阳光落在冯登庸的额头上，接过师兴吾敬来的酒，他眯起眼睛，一仰脖颈，将大海碗喝个精光。

"冯先生，"师兴吾说，"感念你大半年辛苦，帮我练好了家乡子弟兵，一开局就打出威风。来，再敬你一碗。"

"师大兄弟，"冯登庸接过来又一口喝干，而后说，

"我说句不中听的话，今天只是小试牛刀，不值得这么高兴。说不定今后……不，是一定有大仗要打。你晓得的，这湘鄂川黔边界，百人以上的队伍不在少数，四面强敌环视，想要吃掉你这二十条人枪，不费吹灰之力。你以为我说的可对？"

"对头，"师兴吾说，"冯先生深谋远虑，你说我该如何是好？"

"四个字：买枪，招人。"冯登庸献计，"把队伍拖大！"

"先生说得极是。在武陵山地，要招两条腿的人不难，可是枪去哪里买？"

"我在长沙、武汉那边，还有些人脉，这个我帮得到忙。人多了，枪多了，就名正言顺地组建一个民团。当然，要找一个最硬扎的靠山，搞一个正规番号。这样，后边的事情就好办了。"

"去哪里找这样的靠山？"

"去凤凰镇筸，找湘西巡防军老统领陈渠珍。"

"老统领怎认得我这山野草民？"

"放心，我有个同乡在那里当参谋，估计经他说项，可以见到老统领的。"

"好得很，"师兴吾极兴奋地说，"那要拜托先生辛苦跑一趟了。"

事不宜迟，当夜，师兴吾在昏暗的桐油灯下，凝神静思，铺开一张毛边纸，用毛笔工工整整地写成一封信，待冯登庸去时带上。

前辈统领大人阁下：

> 余山野一耕夫，劳作之隙，恭读圣贤，悠游自在。然近来匪势日盛，打家劫舍，烧杀掳掠，地方无一日安宁。余为自保，率家族子弟组建民团，以消弭匪患，维护一方秩序。今上报统领，祈望准予。

> 师兴吾顿首

思虑到冯登庸此行所负重任，师兴吾叫来梯玛（巫师），掐算好出行的吉日。

行前，师兴吾又将其弟师兴周叫来。

"冯先生，"他当面对冯登庸说，"此去镇篁三百余里，山路崎岖，凶险难测，让我兄弟兴周带一名枪手陪同，彼此有个照应。再者，让他出去见见世面，熟熟路径，往后少不得还有事要去那里。"又说，"我这兄弟人倒机灵，可有许多坏毛病，请先生一路多加管束。"

师兴吾让枪手拿上竹斗笠和油纸伞，让师兴周将褡裢装满烟土，作为给老统领的见面礼，还有方方面面的打点。

五

一个将在武陵山地掀起阵阵腥风血雨的重要角色就要登场了。他叫瞿伯阶。二十年前在他出生前夜，天空中落下一颗星子。会占星象的梯玛说，那是三马星，正好应在刚出生的这个娃儿身上。他是三马星下凡，命太凶，父母要将他"寄"出去，找个老乞丐给他当"寄父"。没多久，老乞丐就一命呜呼；父母又在山里指认一坨大石为他的"寄母"，结果大石崩裂了。在他十五岁那年，父母双双归西，留下他和一个弟弟、一个妹妹。

他曾读过几天私塾，初识文墨，喜读《水浒传》。讲起内中武松、李逵、鲁智深这般角色，他滔滔不绝，眉飞色舞，让众多听者乐不可支，心驰神往。

他忒讲义气，为人"硬扎"，与人打牌，输了一餐饭。他二话不说，搬起一杆扎子火（自制猎枪）就走，在高山密林里蹲守两天两夜，终于发现一头野猪，他一枪命中，野猪倒下却还活着，在那里哼哼。他跑拢边，照武松打虎跨式，三拳两脚将其打死，扛回家来，煮熟后请众弟兄饱吃。一弟兄笑说："水浒里是景阳冈武松打虎，而今日，是内七棚大哥打猪。"

他结交的朋友，遍布三省边界，屁股后头总跟着一拨年轻后生，人人尊他为大哥。

快到油桐、油茶收获季节，有人雇他看守桐林茶山。他一经答应，就不必担心桐茶丢失。万一有桐茶被盗，他会一路理着脚迹，找到那人家里，要他退出赃物。若对方百般抵赖，甚而还要动手，他就说：

"大哥，你莫跟我横，我人一个，卵一条，是不怕事的。你婆娘儿女一大串，我万一失手把你打坏，哪个帮你养？"

事情一经传开，家家来请他看守桐林茶山。好在他有一伙酒肉朋友，穿裤子不分家的兄弟，经他召唤，这几个东边守垭，那几个西边搭棚，什么时候聚，什么时候散，调摆得泾渭分明。从此满山的桐果茶果再不丢失。

年轻人最怕寂寞，最喜热闹，找到毕兹卡特有的打击乐器锣、鼓、钹，搬上山头，由四人组成一支打镏子的乐队，"钦钦匡匡"地敲打起来。他们熟知打镏子的曲牌，先打"蛤蟆闹塘"，再打"鲤鱼飙滩"，又打"野鸡拖尾"。后生们跟着他都觉舒心。

方方面面，显示出他很有些当头领的才干。机会终于来了，召头寨区公所从县政府领来十几杆步枪，便招纳枪兵，组建一个自卫队。瞿伯阶踊跃报名，当上自卫队的一名枪兵。其他枪兵都敬服这位大哥，一律听他使唤。区长瞿代亮对他很是赏识，任命他当自卫队的队长，由他掌管自卫队这十几杆步枪。

有枪在手，瞿伯阶如虎添翼。他再不是那个帮人守山的角色。他跃跃欲试，要纵身一跳，大展拳脚。

六

半月后，冯登庸风尘仆仆，从凤凰镇篁返回内七棚，向师兴吾复命。师兴吾不待他开口，已从他竹斗笠下露出的满脸喜色看出来，一定是大有斩获。

"这你晓得，"冯登庸喝完一大碗凉茶后，说，"老统领是个颇有文墨的儒将，一听说你的家世，你的抱负，他欢喜得不得了。二话不说，就委你个湘西巡防军中校营长。"说着打开一纸，将上边盖有朱红大印的委任状，送到师兴吾手里。

师兴吾毕恭毕敬接过委任状，凝神看了半天，激动异常，两手抖动，委任状便瑟瑟有声。师氏家族文官迭出，可从未出过武将，他是头一个，真可谓文武兼备了。

"老统领说，当下正是用人之际，对你这等名门之后，他是格外倚重的。还说，先把民团架子搭起，日后人多枪多了，再升你为上校团长。"

师兴吾突然有一种感觉，那位遥不可及的"湘西王"老统领，距离一下子拉近了，真真切切站在他身后了。

"冯先生，"他恳切地说，"你这事办得好。你是我的吉祥星，是我的及时雨。我该如何感谢你？"

"不要，"冯登庸摇摇头，笑说，"话不是这么说。这是你的命相好，历代祖宗积下的厚德，瓜瓞绵绵啊。"

"不多说啰，看你累成这样，一路上日晒雨淋，脚板皮磨烂，人也黑了瘦了。赶紧上楼睡个大觉。我已叫人把房间清理好。"临别，师兴吾想起什么来，又问，"这一路，我那兄弟没少给你添麻烦吧？"

"……"冯登庸语塞，一时不知该如何回话是好，如照实说，有挑拨兄弟情谊之嫌，于是淡淡地笑笑，应付道，"年轻人嘛……"

自从拿到老统领的委任状，师兴吾如获至宝，时不时拿出来看看，顿觉浑身有一股膨胀的气力，全身骨节咔咔作响。他如鱼得水，如鸟飞天，遵老统领所望，要扩充队伍，扩大地盘，在武陵山腹地大展宏图，这可是千载难逢的时机啊。

一天傍晚，他同冯登庸对饮，挨到酒酣耳热时，他提起下一步打算。

"能不能插足里耶，使它成为我日后发展的根基？"他颇垂涎里耶的繁荣和富庶。

"这我想过。"冯登庸说，"里耶是个大码头，是四川秀油、本地土产及下游棉纱、布匹等洋货的集散地。每天停泊的商船多时竟达三百多艘。富商巨贾二三十户，每户均有一百多万斤桐油的流动资金。经济实力远超龙山县城。可以说是个金银码头。再者，里耶商会在上海总商会注册备案，后台硬扎得很，信用度自然很高，发行的有价货币，在四川数县的市面上均能流通。我说这话的意思，老哥自然明白。"

"还是冯先生想得透彻。"师兴吾颔首说，"里耶我是插不进的。如霸王硬上弓，会引起许多麻烦。"

"对头，里耶不仅不可插足，还要同它交好。把它变成最牢靠的后方。"

"那……"师兴吾沉思一会儿说，"要发展只有北边的召头寨了。"

"我也想到召头寨。"冯登庸呼应说，"人口密集，商户多，富足，交通便利，虽比不上里耶，仍不失为龙山县一块福地。势必把它拿下。"

"有些难。"师兴吾皱起眉头说，"区公所设在那里，区长是瞿代亮。这家伙倔得很，软硬不吃，从不把我放在眼里。我多次托人带口信，请他出来喝杯酒，交个朋友。你猜他怎么着，鼻孔里哼一声，来个置之不理。"

"此一时彼一时矣，"冯登庸说，"今天不同了。这回，你以湘西巡防军中校营长的名头，给他封短信，邀约他一下，看他如何回复。"

师兴吾甚觉有理，郑重其事，用毛笔写就大札一封，交其弟师兴周亲自送去。师兴周将信送到，回来说：

"那个区长官架子忒大，只把信瞟一眼，便顺手往办公桌上一扔。问他有无回信，他说，回什么信，你就说，区长公务繁忙，没有那个空闲。"

"什么东西！"师兴吾大怒。

"看来，"冯登庸说，"此人不能留了。"

"你的意思？"

"除掉！"冯登庸用手比画。

"可他是龙山县府任命的区长，是朝廷命官。如何下手？"

"当然不能明火执仗，要借刀。"

"这……"

"他在地方上总有一两个仇家吧？"

"倒是有那么一个人，"师兴吾想了想，便说，"副区长瞿列成，两人争当区长，闹得鸡飞狗跳，差点要拼老命。这桩糗事，召头寨没有人不知道的。"

"这么说，已有一半的把握了。"

七

这天，师兴吾专程去了一趟召头寨。真巧，居然在街边碰到副区长瞿列成。两个老熟人老长时间没有会面。这一见，格外亲热，闲话扯个没完。

"老哥，你如今大发了。"瞿列成一把将师兴吾扯到无人处，笑着说，"拉起队伍，当上老统领的中校营长，还剿灭了湖北来的边棚股匪，威震龙山全县哪！"

"唉，我这个中校营长算什么，"师兴吾叹口气，抱屈说，"哪里入得瞿大区长的法眼，我好心请他出来喝杯酒，交个朋友。他竟然一口回绝，说什么'我区长公务繁忙，没得空闲'。"

"狗眼看人低，他算什么东西。"瞿列成愤然说，"老哥你也是，怎会想到请他喝酒交朋友。这杯酒让我帮你喝。"

"走！"师兴吾热心相邀，说，"我正是这个意思，请不动区长就请副区长。相信你老哥会给我面子。"

二人相跟，来到召头寨一家最好的馆子，进到包间，冯登庸已坐在里边候着，师兴吾给双方做了介绍，接着唤店小二上菜，倒酒。菜有大盘麂子肉、白面肉、牛巴子、腊猪肉，酒是家酿烈性包谷烧。

"列成兄弟，"冯登庸给瞿列成敬上一杯酒，而后说，"你我虽是初识，我从兴吾兄弟口里，听说你常受瞿代亮的欺侮，太委屈了。区长这把交椅，早晚应当由你来坐，兴吾兄弟会全力拥戴你。"

"一定，全力支持！"师兴吾接口说。

"有兴吾兄弟这句话，你该下决心了。"冯登庸说，且做了个杀的手势，"至于怎么搞，你倒要想得周全些。"

"趁他外出没有提防，叫我那些红帮兄弟相机动手。"

"用刀还是用枪？"

"要看当时情况，随机应变。"

"不过，我听说区公所有个自卫队，十几条枪，会不会有点麻烦？"

"不必顾忌。"瞿列成说，"队长瞿伯阶是我五服内的侄儿，他会听我的招呼。"

一切说妥，师兴吾、冯登庸放心回内七棚，等候瞿列成方面的消息。到第七天，消息传来，昨夜，召头寨区长瞿代亮从区公所回家，在屋门口被人拿刀刺死。

师兴吾马上集合队伍，荷枪实弹，一溜烟跑步进入召头寨。区公所自卫队正在为瞿代亮办理丧事，看见外边来了许多枪兵，立刻警觉起来。

"弟兄们，"队长瞿伯阶下令，"枪上膛，把区公所大门堵死，不许任何人进入，对强行进入的格杀勿论。"

双方对峙，剑拔弩张。

这时从后边闪出两个人来，一个瞿列成，一个师兴吾。

"伯阶，"瞿列成说，"不认得我？"

"列成叔，是你？"瞿伯阶说。

"是我，大家不要误会，都把枪放下。我是这儿的副区长，听说区长遭难，大家都很震惊，都很悲痛，我也一样。湘西巡防军师营长特意赶来，一是调查情况，追查并捉拿凶手；二是悼念死者，抚恤家属。没有别的意思。"

"瞿副区长讲了，大家不要误会。"师兴吾接着说，"大家还不认识我，得自我介绍一下，我是师兴吾，湘西巡防军老统领部下，家住内七棚。现在，我宣布一件事，瞿代亮区长殁了，召头寨不可一日无主，理所当然，由副区长瞿列成接任区长。大家伙一定要服从他，支持他。"

八

瞿伯阶坐在自卫队的通铺上擦枪，瞿列成推门进来，瞿伯阶喊一声"列成叔"，知趣地从通铺边站起。

"坐到，坐到。"瞿列成让瞿伯阶坐下，自己也紧挨着坐下。

"伯阶，我们两叔侄多年没挨在一起说说话了。"

"是真的啊。"瞿伯阶说。

"你今年二十出头吧？"

"吃二十四的饭了。"

"你不容易，父母过世太早，老弟老妹全靠你拉扯大。我清楚，你人很精明，遇事有主意，胆子又大，是条好汉。我瞿氏一门出了你这个狠角色，要得。日后你在我这里搞，放开手脚，我不得为难你。万一有事，我帮你顶。你要信得过你列成叔。"

"我当然信得过列成叔。"瞿伯阶说，半晌，他猛地逼视着瞿列成问，"列成叔，请对我直言，依你看，瞿代亮区长是哪个杀的？"

"你问我，我去问哪个？"瞿列成面有难色，说，"人命关天的事，我不敢乱猜。师营长不正在追查缉拿凶手么？到时候真相大白，就知道怎么回事了。"

瞿伯阶总觉事有蹊跷，瞿代亮区长好好的突然被人暗杀，第二天内七棚的师兴吾便带着队伍赶来，瞿列成立刻接任区长。这像一套事先排定好的拳脚，丝丝入扣，不差分毫。世人皆知，瞿列成和瞿代亮为争区长，有了过节。未必这是他俩相争的结果？可是这和内七棚的师兴吾有甚牵扯？他在背后充当什么角色？

此事对瞿伯阶的震动很大，深感人心难测，人世险恶。他夜不能寐，冥思苦想，并拿定主意，要牢牢抓住这十几条枪，还要有更多的枪，要拖起一支队伍，如《水浒传》里那些豪杰，走一条占山为王的路。

他老婆有个舅舅，叫张明富，是边界上的边棚小股土匪，有十几条枪，净干些打家劫舍、拦路收"买路钱"的活儿。

瞿伯阶决定邀他入伙。

"阿舅，"他说，"你这么小打小闹是搞不出名堂的。说不定什么时候一口就被人家吃了。大鱼吃小鱼嘛。你说是不？"

"理是这个理。"张明富说，"只是没得法，搞得一天算一天，认命呗。"

"不，我们合起来搞，把你的队伍拉到召头寨去，参加区公所自卫队，这样我们的力量就大了。"

"你不是想吃掉我吧？"

"你是我老婆的舅爷，怎会这么想？你是小鱼，我也是小鱼，如何吃得你下？"

张明富琢磨一会儿，应承下来。

区公所自卫队这下有了三十多条人枪。瞿伯阶任队长，张明富当副队长。人多了，要吃要喝，瞿伯阶带着枪兵，去所属乡保，对乡长、保长派粮派款，美其名曰收取保护费，保护你的地盘不受边棚土匪骚扰抢劫。有抗缴不从者，便将队伍拉去，把乡长、保长扣押吊打，对富户、商号大肆抢掠，搅得乡间鸡犬不宁。

不到年把时间，二梭、明溪、他砂、洛塔各乡各保，均对瞿伯阶唯命是从，其声势日益扩大，在龙山县自成一支武装。

公正地说，他对这支队伍也有所约束，曾多次宣布两条戒律：一、不准得罪穷人；二、严禁强奸妇女。又有"春不牵耕牛，冬不剥寒衣"一说。

"我们都是穷棒棒，"他常对手下人说，"走投无路了，才出来背枪。怎能拿了根'吹火筒'，就变脸了，反过来欺侮自己的穷棒棒兄弟父老？"又说，"强奸妇女是最不好的。我们都是父母所生，自己也有老婆，也有姐妹，若是有人强奸你的老婆，强奸你的姐妹，你会怎么想？你准抢起锄头，敲烂他的脑壳，一刀割下他的玩意儿，拿去喂狗。"

逗得大家伙哄堂大笑。

"我们要将心比心哪！"他最后说。

副队长张明富匪性未泯，上馆子吃饭，从不兴付账，抹抹嘴巴就走。倘若老板伸手讨账，心情好时，他就说："先挂起，等我发财了再说。"碰上心情不好，他则把脸一横，拍拍挎在裤腰上的短枪，说："钱没有，命有一条，卵也有一条！"

走在街上，见街边摊子上有什么好吃的，他随手就抓。摊主在背后嘀咕："抢犯！"

碰到好看的女人，他嬉皮笑脸迎过去，趁对方不留神，使绊子将人绊倒。那女人爬起来，口里咒着："癫子！痞子！"他却哈哈大笑。

瞿伯阶看在眼里，一再劝他"莫要这样搞"，可他哪里听得进去。终于有一天，这两条蛮牛角抵角，斗起架来。那是傍晚，瞿伯阶听见张明富房间有响动，传出女人的哭声，又有"砰砰砰砰"的撞击声。他已明白大半，便走拢去推门。门是闩着的，推不开。

"阿舅，"他对房里喊，"你开下门。"

没有回应。他接着喊。又过片刻，房门开了，但见里边一女子，勾起脑壳抹眼泪。她的外衣被拉开，露出里边的绣花红抱兜。张明富赤裸上身，站在她身旁。

"阿舅，"瞿伯阶故意问，"你搞什么？"

"搞什么？"张明富恬不知耻地说，"你未必不懂，搞什么，搞她。"

"她是舅妈？"又故意问。

"什么舅妈，野货，婊子。"

"她情愿吗？不能霸王硬上弓噢。"

"这种鸡巴事，你也要管？"

"你这是违反纪律。"瞿伯阶正色说，"你是自卫队副队长，不能带这个头。我今天把话撂在这里，今后谁强奸妇女，我就枪毙谁，不管他是哪个，天王老子也罢，决不轻饶！"

"枪毙？"张明富涨红脸，胀起喉咙，吼道，"有本事你就枪毙我，来呀！"他把裸着的胸脯拍得啪啪响，"枪往这儿打！"

瞿伯阶懒得和他纠缠，叫那女的快快穿好衣服，离开这个房间。

瞿伯阶从此跟张明富结下梁子。

九

俗语说：插起招军旗，自有吃粮人。有了老统领的番号，师兴吾便名正言顺地招兵。他又委派冯登庸一个重任，携大宗鸦片和光洋，前往长沙、武汉，通过熟人关系，购买枪支弹药。转瞬间，他的队伍已扩充到三百多条枪。这在武陵山区，也算一股可观的势力，他成为名副其实的中校营长。

川东一霸，人称"周矮子"的周燮卿突然来访。

"我的干亲家，什么风把你吹来的呀？"师兴吾喜出望外，一把将周矮子抱住。

"东风，西风，龙卷风，我也搞不清。"周矮子也笑，似很勉强。

师兴吾挽着干亲家，进了客堂，把他按在一张老旧的太师椅上。

"干亲家，"周矮子说，"我在那边就听传言，你现在是大发了，家大业大。今天一见，果然传言不虚。"

"第一个要多谢的人是你。"师兴吾说，"靠你那二十条枪起的家。你是我的大恩人哪。"

"嘻，我却是倒大霉，落难了。"

周矮子唉声叹气，述说近日川东地方武装火拼，他被另一股势力击溃，几百条人枪全散掉了。剩下来跟着他的只有四五十人的一个残部。想来令人心痛不已。

师兴吾这才留意，周矮子变了个人似的，以往说话高声大嗓，手舞足蹈；而今却有气无力，疲惫不堪，活脱脱一个打了败仗的倒霉相。

"那有什么关系，"师兴吾真心安慰他，说，"不要紧的。兵书上讲，胜败乃兵家常事。重新把炉灶盘起来就是。你老哥的能耐我晓得，用不着好久，又将拖起一支大队伍。"

"多谢干亲家吉言。"

"有句话，不知道该不该说。"

"尽管说。我两兄弟没有不能说的。"

"你今后如何打算？"

"这有什么说不得的。"周矮子停顿一下，告诉师兴吾，"凤凰镇篡老统领带信给我，喊我去他那里听差。走投无路，只好去他那里了。"

"好，好得很，"师兴吾连连点头，说，"老统领那里是个大池塘，你这条鱼，只有那里才养得活。见到老统领，也为我美言几句，让我借借你的光。"突然想起什么来，便问，"你说跟着你的还有四五十人，怎么没见？他们在哪里？"

"他们走不动了，在方坡歇气。"

"方坡？方坡隔这儿才几里路，怎么要在那里歇气？"师兴吾猛地明白过来，呵呵大笑道，"我的干亲家，你是多心了，你是怕我乘人之危，捡个便宜，下了你的枪吧？"

"哪里哪里。"周矮子急忙否认。

"干亲家，我是那种忘恩负义的小人吗？绝对不是。我会一世记着你的恩。我马上派人去方坡，把他们接到这儿来，养息，休整，有伤的治伤，有病的治病。我这儿的梯玛既会化水接骨，也会下药治病。"

从方坡接来的四五十号败兵，个个灰头土脸，无精打采，有的拄着木棍，一颠一颠地走。两副滑竿，抬着断了腿的伤兵。

师兴吾叫人安排，分别在各家各户住下。又令人杀猪宰羊，拿大锅煮饭，犒劳慰问。梯玛忙着给伤兵化水接骨，熬药治病。对周矮子，则请他住在自家转角楼上，日夜由他和冯登庸陪着，大块吃肉，大碗喝酒，斜躺在床上抽大烟，待若贵客。

时光荏苒，不觉已有月余，周矮子气色大好，从失败的灰暗心绪里跳脱出来。那些兵头儿个个养足精神，又生龙活虎。

"干亲家，"周矮子很动情地说，"叨扰多日，难忘这段好时光。大恩不言谢，祈望来日再饮甘露酒。我这就往镇箪去了。"

"我明白，"师兴吾依依难舍说，"干亲家心怀大志，我这里是留不住你的。这一去当是坦途，可也风云难测，干亲家处处小心才是。好了，一路顺风。"

师兴吾打发些鸦片和银钱，供其路途所需，并挽着他的手，送至几里外的方坡。

＋

半年后的一天，两匹军马急驰而来，在内七棚师兴吾的屋前停住。骑在马上的是两个身着灰色军服的军官。

"这可是师营长的家？"高个儿问。

"没错。"矮个儿答，"半年前，我跟周旅长在这儿住了个把多月。"

两人欠身下马，向门外的卫兵通报后，并由他引进客堂，见到迎上来的师兴吾。

"师营长，还认得我不？"矮个儿说。

师兴吾仔细打量这位不速之客。

"哦，你是……想起来了，"师兴吾笑道，"你是我干亲家的部下，一到老统领那里，就大不相同了，穿上这等威武的军装。"

"我来介绍，"矮个儿指指高个儿，说，"这位是老统领的贴身副官。"

"哦哦，贵客到了，欢迎欢迎。"

"我呢，现在是周旅长的副官。"

"周旅长？"师兴吾一脸茫然，问，"哪个周旅长？"

"你那个干亲家，周燮卿呀！"

"嘿哟，他当上旅长哪，高升哪，"师兴吾由衷高兴，说，"当时我就料定，到了老统领那里，他就会发达起来。"

"他答谢你在他落难时相救，特意送你一些礼物，在马驮子上，你叫人搬下来吧。"

师兴吾令人将马背上两口木箱搬下来，撬开一看，我的天！他怀疑自己在做梦，擦擦眼睛再看，果然是真的。拆散装下的是两门八二炮，四挺重机枪。他知道，这些油光闪亮的铁家伙，一旦发起威来，抵得上一支几百人的队伍。

"宝贝呀宝贝！"师兴吾独自讷讷着，"多少钱也买不来的宝贝呀！"心里着实感念他的干亲家。

灶屋里好一阵忙活，摆出一桌丰盛的菜肴，招待老统领和周旅长的两位使者。已到酒酣耳热时，老统领的副官凑到师兴吾耳边。

"我这次来，"他小声且机密地说，"要对你下达老统领的一道命令。"

师兴吾赶忙放下杯箸，竖耳聆听。

"你这儿有个区公所吧？"

"有，在召头寨。"

"区公所有个自卫队吧？"

"有，三十多号人枪。"

"自卫队有个叫瞿伯阶的队长吧？还有个叫张……张什么的副队长吧？"

"张明富。"

"对头。正是这两个人。许多乡绅耆老，一些乡长保长，纷纷告到老统领那里，说他们打着区公所自卫队的旗号，行的是强盗土匪的勾当，四路打家劫舍，横行乡里，搅得鸡犬不宁。你说是这样的吧？"

"是，是。"师兴吾唯唯诺诺。

"状纸上还告了你。这是你的辖区，你对他们从不加以辖制，势如容匪纵匪。"这副官肃然从酒桌旁站起，说，"我现在宣布老统领的命令，师兴吾营长听令！"

师兴吾肃然站起，做立正听令状。

"特命师兴吾营长，对瞿伯阶、张明富自卫队，立即加以剿除，不得延误。此令。中华民国湘西巡防军统领陈渠珍。"

"是，是。坚决执行老统领命令。"

师兴吾口上答应"是，是"，"坚决执行命令"，心里却嘀咕起来，都是常见面的乡里乡亲，真要动家伙拼个你死我活？他自幼饱读经史，知道"剿"和"抚"是当局对反叛者的不二法门，古今一律。那么，当今对召头寨这个自卫队，是"剿"好还是"抚"好？

当夜，他令人把召头寨区长瞿列成唤来，会同冯登庸，三人在转角楼房间里切磋一夜。

"剿是自相残杀，万不可行。"瞿列成说，"我为召头寨的安宁着想，并不偏袒我的族侄。"

"我意也是抚，收编为我营的一个连。"冯登庸说，"一来避免战祸，二来我们倒扩充了实力，不费吹灰之力，就多得几十条人枪。何乐不为？"但又说，"收编以后，要严加约束，不准照先前那样胡作非为了。"

"好，好！"师兴吾说，"我们的想法一致了。明日我去向老统领的副官建言，改剿为抚。我想老统领不会不准。"

第二天，师兴吾对副官说起他们的想法。果然，那副官并无异议。

"如能这样，"他说，"不流血，不死人，就把这个自卫队解决了，最好不过，是上上策。这正符合老统领的一贯主张，是兵不血刃。《孙子兵法》云，不战而屈人之兵。我回去向老统领禀报，他一定满心欢喜。"

十一

哨音吹响了。

"自卫队全体集合！"队长瞿伯阶喊叫。

自卫队枪兵纷纷跑向区公所前边的操场。五十多人站成四排。瞿伯阶整理队形，喊着口令："立正。向前看。稍息。"之后便退回队伍里，一同聆听站在前边的长官们训话。

"各位，"区长瞿列成拖着腔调说，"我首先向你们郑重介绍，"他转向站立一旁两位着军装的长官，说，"这位长官是湘西巡防军老统领的贴身副官。这位长官是周旅长的副官。"他又转向师兴吾，"这位长官大家应当认得，是我们这儿的师营长。"

"认得认得，"下面一片嚷嚷，"内七棚的师秀才，哪个不晓得，还用介绍？"

"大家安静，请师营长训话。"

下面有稀稀落落的巴掌声。

师兴吾跨前一步，伸手往下压压，掌声戛然而止，全场静默。

"弟兄们，"他目光犀利，将众人扫视一番，提高嗓音说，"你们看到了，湘西巡防军老统领和周旅长很关心我们，派出两位长官专程来看望大家。我们要感谢老统领和周旅长，感谢两位长官。"

说着他领头鼓掌，大伙也跟起鼓掌。

"我现在宣布，"他停顿片刻，又对底下扫视一番，放缓声音说，"从现在起，'召头寨区公所自卫队'这个番号撤销，成建制编入湘西巡防军序列，隶属我的营部，编为一个连。"

"什么什么？"队伍里乱成蜂子巢，七嘴八舌问，"什么意思，听不明白。"

"就是说，"瞿列成帮着解释，"自卫队已经撤销，今后没有自卫队了。"

"没有自卫队，我们去哪里吃粮？"

"你们的队伍并没有打散，只是改编成一个连，归师营长的营部管，听从师营长指挥，和区公所脱钩了。"

"随你们哪个管，我们到哪里都一样背枪，一样吃白饭拉黑屎。"

瞿伯阶站在队伍里，自始至终一声不吭。他琢磨，老统领为什么这时候派副官来，为什么副官一来就把区自卫队收编到师兴吾的麾下。在区自卫队，他们是一支独立自主的武装，没有人能够约束。加之区长瞿列成也很开明，对他们的行动从不过问。现今由师兴吾收编，摆明日后什么都得听他的，服从他的指挥，好比媳妇头上凭空来了个管家婆婆。这么一想，瞿伯阶哪里受得了！

"弟兄们安静，"只听师兴吾一脸严肃地说，"既然是一个连，就得有连长、副连长。我现在宣布，谁当连长，谁当副连长。"

全场出奇地静谧，人人竖耳倾听。

"连长是……"师兴吾故意卖关子，停顿一刹那，翻起嘴皮说，"连长张明富，副连长瞿伯阶。还要上报老统领，由老统领亲自任命才作数。"

队伍里炸开锅，议论纷纷，是不是自己耳朵听错了。

"念颠倒了吧？"瞿列成也觉不对，走拢到师兴吾身边，附耳低言。

"没有。"师兴吾摇摇头，小声解释，"你试想，自卫队闯下天大的祸，都是这个瞿伯阶掇弄的。不处治他也就罢了，若继续让他当连长，老统领那里怎好交代？我看出来，这个人不是一般角色，是《三国》里的魏延，长有反骨。让张明富压压他的气焰也好。"

张明富一副得意的样子。

"恭喜恭喜。"有人向他祝贺。

"今天出鬼了,"他却阴阳怪气地说,"日头竟从西边出来了。"

"你是捡了便宜又卖乖啊。"

瞿伯阶铁青着脸,紧咬着牙,站在队伍里纹丝不动,一声不吭。瞿列成知道,他是强忍着满腔的怒火。这个极端要强的族侄,岂肯甘居人下?他担心,麻烦了,要出事了。

第二天一早,瞿列成发现,瞿伯阶果然不辞而别。营房空空如也,他乘夜把他的队伍拖走了。储藏间里的物资,腊肉、大米、银元、鸦片、布匹、衣被之类,他只拿去一半,另一半留给张明富的队伍。他还学《水浒传》里的武松,用木炭在营房的木壁上草草写下:

　　此处不留爷,自有留爷处,老夫去也!

十二

　　夜色覆盖了武陵山脉，空气里散发出樟脑和花椒子的香味，草鞋踏在松软的腐叶上，蛇莓、松菇和地木耳被踩出黏黏的浆汁。微弱天光下，显露出影影绰绰的山形。进入丛林，便是一片黑暗，把整个队伍都给吞噬了。鸟儿归巢野兽出没，远远近近，闪动着它们那萤火虫似的眼睛，时不时传来一两声嚎叫。

　　瞿伯阶走在队伍里，一路上不说话，心里把师兴吾恨得要死，把他十八代祖宗都骂了。"你今天势力大，我惹不起你，可是山不转水转，总有一天，我会让你哭爹哭娘。"他咬牙切齿在心里说。

　　与湖南龙山县相毗连的，是湖北来凤县的百福司。这儿人口密集，商铺鳞次栉比，为鄂西重镇。来凤地霸向卓安屯兵于此。瞿伯阶拖队出来，是要去百福司投奔向卓安。

　　经一夜艰苦跋涉，次日早晨，山巅曙色初露，他们来到距百福司五六里一个叫卯洞的地方。卯洞卯洞，此名不虚，一条小河穿透一座大山，河旁半山腰确有几个偌大的山洞。瞿伯阶把队伍安顿在一个山洞里，架锅造饭，让大伙歇息。

"弟兄们，"他说，"你们在这里歇气。我去百福司走个亲戚。我老妹嫁给百福司的胡跛子，老长时间没有见到他们了。"

"我们跟你一起去。"大伙说。

"不要，"他拍拍一个后生的肩膀，说，"你陪着我就够了。"

"要不要背枪？"

"背什么枪，走亲戚还背枪，不把亲戚吓到了。带点光洋和鸦片做见面礼吧。"

两人来到百福司街上，但见人来人往，背竹背篓的，挑箩筐的，骑马坐轿的，耍猴儿把戏的，瞎子算命的，划拳卖艺的，人头攒动，推推搡搡，好生热闹。

来到胡跛子屋前，正在门外晒辣子的妹妹眼尖，老远就认出是阿哥来了，忙不迭地接阿哥进屋。胡跛子给向卓安当厨子，不多会儿，也回来了。

"妹夫，"瞿伯阶开门见山地说，"我今天来，是要拜会你们的向旅长，想借他的斗篷躲雨。你给我引下路好不？"

"要得。"胡跛子说，"我引你去。向旅长这会儿正在旅部打'上大人'（一种纸牌）。"

听说龙山的瞿伯阶求见，向卓安旅长丢下手里的纸牌，让其他几位牌客散了。

"啊哈，瞿伯阶，好个瞿伯阶，"向卓安仔细打量瞿伯阶，爽声说，"早听说你是龙山的三马星，今日得见，果真是不凡之人。"

"向旅长高抬我了。"瞿伯阶说，"我现在有脚无处落，特来向旅长这儿借个安身之地，傍你这蔸遮风挡雨的大树。"

接下来，他细说了龙山召头寨近期发生的一连串怪事，师兴吾如何拉上"湘西王"老统领的关系，当上湘西巡防军的中校营长；他竟看上召头寨这块地盘，如何使背手，暗杀了区长瞿代亮；又如何用计谋，撤销区公所自卫队，收编为他手下的一个连，甚至羞辱他，让他的副手张明富当连长，压在他头上。

"这个师兴吾太不像话。"向卓安说，"他不让你当连长，我让你当，你就在我这儿当连长，日后还可以当营长、当团长。"突然想起来问，"你原先的队伍呢？拖出来没有？"

"拖出来了，我把他们安置在卯洞。"

"安置在卯洞？"向卓安愕然，说，"为什么不带到百福司来？你是怕我下他们的枪，把你的队伍吃掉不成？"

"不是的，"瞿伯阶解释，"是怕发生误会。事先未得向旅长准许，哪个敢把武装带进百福司？"

"也是的。"向卓安笑了。

事情办得顺利，回卯洞路上，瞿伯阶心情大好，竟亮开喉咙，唱起早年给人守山时学会的毕兹卡梯玛歌，大意是：

> 惹欧！
>
> 我是天上李老君，
>
> 玉帝赐我下凡尘。
>
> 我左手牵来十万马，
>
> 右手领了十万兵啊。
>
> 我收了你家的野鬼，
>
> 我又收他家的邪神。
>
> 惹欧！
>
> …………

接着唱"排卦点兵"和"请神颂神"。

回到山洞里，潮湿，阴冷，他便带领大家伙上山，割茅草，砍竹子，砍树，在洞里搭成简易的通铺，垫上又厚又柔软的茅草。入夜寒气重，他令人烧起几蓬大火。大家伙围在火堆旁，听他演说《水浒传》里打富济贫、惩办贪官污吏的根古。

十三

"我们该动手了！"

一天夜里，他倏地从火堆旁站起，威严地下达命令。

瞿伯阶说的"动手"，是以卯洞为据点，越界返回龙山，在师兴吾管辖的地盘内放肆抢掠。他故技重演，向那里的乡长保长派款派粮。有不从者，则将其扣押吊打。龙山盛产鸦片，鸦片税是他们的主要财源。到了罂粟成熟季节，他便派人去产地收取鸦片税。过往客商，如果贩运鸦片，纳税后才予放行。

他还在师兴吾地盘里"吊羊""捉码子"。

吊羊：事先安排"眼线"（坐探），摸清师兴吾辖区里的富户，某某家最有钱，能拿出多少。根据眼线报告，瞿伯阶亲书信札一封，派人送达，令该富户在数日内，送来光洋若干，或鸦片若干，或粮食若干。有如期如数送来的，瞿伯阶出具收据，甚至同这家富户交好。有仗着师兴吾这个后台硬，请兵来剿的，则与瞿伯阶交恶。乘其不备，瞿伯阶派兵前往报复，人也杀了，房屋也烧了。

捉码子：即是绑架人质。这个人质就叫"码子"。捉到之后，便通知其家人，拿若干银元或鸦片，在指定的时间地点赎回码子。瞿伯阶对码子严加看管，但不虐待，给饭吃，给被褥盖，要吸鸦片的，也给一点。码子家里的财产情况，也是眼线事先摸好底的。赎金定多定少，估计到他家里拿得出来。需找一个中间人同码子家里联络。对方如果觉得要价太高，一时拿不出这么多，也可通过中间人讨价还价。

吊羊、捉码子得手后，眼线和中间人可以拿到一笔佣金。中间人还能从码子家得到酬谢。执行任务的枪兵则有百分之十的奖励。

瞿伯阶使出多种手段，既保证队伍的开销薪饷，又搅得师兴吾食不甘味，睡不安枕。

十四

老统领下达命令，提升师兴吾为"龙山县保安团"上校团长。这一来，他的队伍便得以迅速发展，拥有一千多条人枪了。他将队伍移驻召头寨，竖起"龙山县保安团团部"的招牌。又择一上好民房，大加修缮，是为师公馆。

往长沙、武汉买枪，大量携带鸦片实有不便，他听从冯登庸的建议，延请一位宁波师傅，建立一个吗啡厂，将鸦片提炼浓缩成吗啡。冯登庸交游甚广，又从四川各地请来师傅和工匠，办起一家兵工厂，仿造汉阳枪和六〇炮。这在湘西地方武装中，实为翘楚。

保安团的职能是维持地方治安，师兴吾身体力行，对抢劫、偷盗、斗殴情形严加追究。在召头寨近边，已扑灭两股边棚散匪，一次毙俘十七人，另一次毙俘三十九人。

地方为之小安。

然而，他的心腹之患是瞿伯阶。好生后悔，因为妇人之仁，不忍对瞿伯阶下手剿除。而今他已坐大，羽翼已丰，有了相当的实力，又藏在湖北向卓安的保护伞下，拿他是没有一丁点办法了。

"为何不找张明富来商议商议？"冯登庸见师兴吾愁眉不展，便献计说。

"也好，"师兴吾答应，"看来要用一用这个木头木脑、鲁莽逞能的家伙了。"

当天，张明富被叫到师公馆。

"明富，"师兴吾问，"这么些日子，你都见过瞿伯阶没？"

"没有。"张明富说。

"你们是亲戚，应当有些交往吧？"

"快莫提亲戚，我当连长，压他一头，他把我恨得要死。"

"不能这样说，亲归亲，打断骨头还连着筋。你去百福司一趟，劝他回龙山来。我们如今摊子大了，是保安团了，他要当连长，可以，要当营长，也可以。你就这么跟他说。"

"什么时候动身？"

"明天就去。"

"那是湖北向卓安的地盘，"冯登庸提醒说，"绝不能带长枪去，即使短枪和匕首也要掖着藏着，以免节外生枝，惹出麻烦。"

次日，张明富带着两个手下去到百福司。各人在衣襟底下藏一把手枪、一把匕首。

"找到了咋办？劝他回龙山？"手下人问。

"回卵龙山，"张明富说，"三刀六洞，让他去阴曹地府当连长营长！"

三人在街上溜达了几圈，不见瞿伯阶的踪影，就连他队伍里的人也没碰到一个。他们只好找一家伙铺歇了，扛大碗喝酒，烧鸦片膏子。张明富还去一家"堂班"（妓院）找土娼快活。

第二天，他们又在街上逡巡一天，仍然没有瞿伯阶的消息，又碰不到一个熟人，向路人和坐家户打听，对方连连摇头，无可奉告。

到第三天，张明富脑壳开窍，想起瞿伯阶有个妹妹，嫁给这里的胡跛子，应该去他家问问，妹妹和妹夫当晓得瞿伯阶现在何处。

找到胡跛子的家，碰巧胡跛子夫妇不在，屋里只有一个白胡子老头，一个五六岁的男娃。估摸老头是胡跛子父亲，男娃是老头孙子。

"喂，"张明富开口问，"胡跛子呢？"

老头望他一眼，没有理会。

"老把式，问你话呢。"张明富露出一脸凶相，恶狠狠地说。

老头指指自己的耳朵，又摇摇头，原来是个聋子。

"小家伙，"张明富又问老头的孙子，"瞿伯阶是你舅舅吧，告诉我，他住哪里？"

男娃儿被吓得哇哇大哭。

"把这娃儿抢走！"张明富指使手下，说，"我们找不着瞿伯阶，让瞿伯阶来找我们！"

一个手下听从张明富指使，一把将娃儿抱住。这娃儿手抓脚踢，拼命挣脱，哭得更是凄惨。

"阿公救我！阿公救我！"他边哭边喊。

老头急了，忙去抢夺孙儿。张明富一时恶从胆生，抽出匕首，一挥手，扎在老者的手臂上。老者忍痛，却仍不松手。张明富又将匕首一挥，扎进老头的后颈窝。只见血流如注，染红一地。老头哼一声，歪歪地倒在血泊里。

这一切，惊动了左邻右舍，一些人纷纷跑来，想看个究竟。张明富一看情形不对，忙招呼手下仓皇逃走。胡跛子的儿子就这样被掳去了。

事后，向卓安听说这事，气得拍烂一张桌子，拍断自己一根小指骨。

"师兴吾什么东西!" 他说,"竟敢来我地面上杀人!"

"他们是来杀我的。" 瞿伯阶说,"我知道,来的人是师兴吾的一个连长,叫张明富。他还是我老婆的舅舅。他既不仁,休怪我不义,这笔血仇是一定要报的!"

十五

张明富和他两个手下,掳着胡跛子的儿子,回到他的老巢龙山二梭乡的一个寨子。队伍驻扎在一座残破的巴沙老母庙里。这天傍晚,伙计们正蹲在院子里吃饭。

"瞿大哥的队伍来了!" 蓦然有人喊,"我们被包围了!"

挤在窗口爬上高处往外看,前门、后门、左侧、右侧,全是瞿伯阶的枪兵。他们荷枪实弹,一律瞄着庙门。有人搂来柴草,堆在庙门边,看样子要点火烧庙。

"弟兄们,准备打!" 张明富提着匣枪,在院子里吼叫,"瞿伯阶来送死,来一个打一个,来两个打一双!"

"连长，"有人说，"只怕打不得，他们人多，枪也比我们的好。"

"打不得也要打，大不了鱼死网破，跟他们拼了！"

此刻，庙门外传来一个人的声音。

"庙里的弟兄们，召头寨自卫队的弟兄们，"是瞿伯阶在外边喊话，"我是瞿伯阶，你们原来的队长。莫要误会，今天来不是找你们的麻烦。我们原是一口锅里吃饭、一排连铺上打滚的好兄弟，哪里有什么过不去的坎？今天我们来，只是取张明富的狗头。他不是人！我和他前世无冤，今世无仇，说起来还是亲戚。可是他六亲不认，跑到百福司要杀我，还杀了我的亲家公，绑了我的小外甥。天理不容啊！"

"阿舅快来救我！"听出阿舅的声音，娃儿在庙里喊。

"宝宝，阿舅来救你了……"

瞿伯阶话音未落，只听"砰"的一声枪响，张明富将娃儿打死。

"张明富，你这个恶魔！连个小娃儿都不放过。你死了还要下地狱！"瞿伯阶悲愤至极，嘶起喉咙对庙里喊，"弟兄们哪，你们想想，跟着这个猪狗不如的魔头会有什么好下场？我劝大家伙不要再跟他了，走出来，加入我们的队伍吧。你们听听，这边的弟兄都在喊哪。"

"秋伢儿，到我们这边来吧！"真有人朝庙里喊叫自己的熟人。

"冬生，快过来，我们欢迎你。"

"龙灯哥，不要再跟张明富那个黑良心的家伙喽。"

"老虎哥，听到我的声音吗？过来跟瞿大哥搞，才会有奔头。"

庙外一片亲热的呼唤。庙里呢，开头静得出奇，不一会儿就嚷嚷起来，声音越来越大，到最后终于爆发，汇聚成一个震耳欲聋的强音。

"瞿大哥，我们跟你走！"

庙里的弟兄们，如蜂子朝王一般，争先恐后走出庙门，走到瞿伯阶的队伍里。庙里只剩下一个孤零零的张明富。他杵在院子里，像一根朽木桩子。

"反水了，都反水了。"他极度悲怆，对自己说。

"瞿大哥，我一枪把他敲了！"一个枪兵举起步枪，拉动枪栓。

"不，可惜子弹。"瞿伯阶说，"你去把我外甥抱出来吧！"

这枪兵遵命。

"宝宝，"瞿伯阶紧紧抱着娃儿，说，"你为阿舅丧的命。阿舅对不住你。"他眼里旋着泪花，喉咙嘶哑，然而斩钉截铁地下令，"点火！"

庙门的柴堆点燃了，又有无数只火把投进庙里。天黑下来，烈焰腾腾，巴沙老母庙变成一片火海。庙后的山峰和树林被烧红了，天上的云彩也被烧红了。看不见张明富在火海里挣扎，也没听到他痛苦的哀号。天光后，残庙变成一堆灰烬。张明富尸骨无存。

十六

"唉，张明富这个蠢家伙，"师兴吾斜躺在烟铺上抽大烟，对另一边同在抽大烟的瞿列成说，"我喊他去百福司劝劝瞿伯阶，请他回龙山来，要当连长可以，要当营长也可以。他却把我的话当耳边风，跑到那边去把人杀了，真是成事不足，败事有余啊！"

"兴吾兄对他确是这么交代的，"坐在旁边的冯登庸证实，"当时我在场，把兴吾兄的话听得很清楚。"

"张明富虽说死了，可他惹下的麻烦却没有完。"瞿列成忧心忡忡地说，"这不仅得罪了瞿伯阶，更加得罪了百福司的向卓安。你跑到他的地盘上杀人，他忍得下这口气？他必定要进行报复。我已接到几个乡保的报告，下面正在收鸦片，他常常派兵过界来抢。"

"这还了得！"师兴吾扔下烟枪，翻身坐起，激昂地说，"向卓安这个人我晓得，是鄂西的土霸王，野心大得很，近日恩施那边又封他一个旅长。他过界来抢我们的鸦片，我们就以其人之道，还治其人之身。"

"你是说我们也过界去抢他的鸦片？"

"对嘛，看看他狠还是我狠？"

至此，龙山和来凤边界不再安宁，师兴吾和向卓安互抢鸦片的事时有发生，动刀动枪、打死人的命案也发生了。双方陈兵边界，虎视眈眈，说不定一场"鸦片战争"即将爆发。

一日傍晚，向卓安把瞿伯阶约进密室。

"伯阶兄弟，"他说，"要打大仗了。"

"和师兴吾打？"瞿伯阶问。

"除了他，还有哪个？我安插在他那里的眼线密报，师兴吾正在调动兵力，要派上千人枪攻打百福司，什么'血洗百福司''踏平百福司'的口号都喊出来了。你听听，蚂蚁打哈欠，好大的口气。来打的日子都选定了，就在老后天。"

"向旅长，你相信我，别的事情，我是咸不掺水，淡不加盐。但和师兴吾打仗，我绝不袖手旁观。我是一定要参战的，好生出一口鸟气。请旅长放心。"

"这就好，我请你来，是想听听你的意见，这一仗怎么打法。"

两人拿出纸笔，在美孚灯下写写画画，如何布兵，火器如何配置，哪些地方必须加强工事，诸多事宜，商讨至凌晨鸡叫方散。

到第三天，向卓安的队伍严阵以待。从早至晚，等了整整一天。师兴吾的队伍并没有来。到第四天，他们来了，大部队浩浩荡荡，气势汹汹，顺着卯洞边的官道，扑向百福司。

此刻，瞿伯阶正趴在卯洞山顶一棵楠木树下，盯着师兴吾的队伍。他将自己的队伍，隐藏在三个大山洞里。并有叮嘱，不准露头，不准出声，一切行动听从他的哨音。哨音即命令。

师兴吾的队伍过去后，瞿伯阶从他们的行进速度和时间上推算，不会少于一千人枪。师兴吾始终未在队伍中出现。骑在一匹枣红大马上的，是其弟师兴周。老兄把这一仗的指挥权交给老弟了。

瞿伯阶从山顶上下来，回到大山洞里。

"大哥，还不动手？"弟兄们急问。

"急不得，"瞿伯阶说，"新嫁娘还没上轿，迎亲的唢呐、锣鼓还没响哩。"

终于，从百福司方向传来稀稀落落的枪声。

"接火了！接火了！"大伙兴奋起来。

"莫忙，再等下。"瞿伯阶漫不经心地昂起脑壳，望着受了惊吓从头顶飞过的锦鸡。

枪声渐渐密集，如炒豆子，"叭叭叭，轰！""叭叭叭，轰！"瞿伯阶听出来，周矮子送给师兴吾的两门八二炮、四挺重机枪派上用场了。枪林弹雨，炮火连天，双方拼杀得好不热闹。

是时候了。瞿伯阶吹响哨子，三个山洞里的两百多名枪兵一齐拥出，聚拢在他的跟前。

"弟兄们听令，"瞿伯阶威严地说，"是我们大显神威的时候了，一齐去戳师兴吾的屁眼，要攒劲戳啊！"

在百福司，师兴周的队伍遇到顽强抵抗。向卓安早做了充分准备，构筑起坚固的掩体，部署了强大的火力。久攻不下，师兴周焦急万分。

"不怕死的，给我冲啊！"他扯起喉咙喊，"打进百福司，要光洋有光洋，要鸦片有鸦片，要姑娘有姑娘！"

可是冲上去一批，被撂倒一批，再冲上去一批，又被撂倒一批。正在师兴周无计可施时，背后猛然传来密集的枪声，震耳欲聋的喊杀声。一支神秘的天兵倏地降临，原来是瞿伯阶的队伍到了。

师兴吾的队伍猝不及防，还没回过神来，便如同秋田的稻草把，被狂风吹得一束束倒在地上。一千多人的队伍顿时大乱，四散奔逃，手里的枪支也丢下不要了。

师兴吾攻打百福司的行动宣告失败。

事后清点，瞿部共击毙师部一百余人，俘获三十余人，捡了一百多条枪，还捡了周矮子送的一门八二炮。不过，瞿部也损失了几位弟兄，还有几位弟兄受了伤。

消息传到召头寨时，师兴吾正在饭堂里用饭。他一直在等喜讯，却等来了噩耗。他火冒三丈，一把掀翻摆满酒菜的饭桌，对快马逃回的师兴周，不由分说，狠狠地甩出两个耳刮子。

"不堪大用啊！"师兴吾训道，"头一回让你掌兵，你就打了个烂仗，死这么多人，丢这么多枪。你还有脸回来。"

"这全怪我吗？"灰头土脸的师兴周哭丧般说，"谁知他们早有防备，瞿伯阶又打个埋伏，从背后偷袭。"

"兴吾兄，"冯登庸从旁劝说，"说句公道话，这的确不能怪兴周老弟。要怪只怪我们不慎，让向卓安事先得到消息，给我们挖了陷坑。这样的仗哪有不败之理？"

"奇怪，"师兴吾说，"我们的行动，向卓安怎会事先晓得？瞿伯阶这边熟人多，莫不是他和某某人暗中勾连？唉，这个瞿伯阶，总是坏我的事，想到他，我心里滴血。"

十七

在百福司，瞿伯阶很得向卓安的信任，向卓安直夸他"好本事，是条硬邦邦的铁汉子"。当下就奖给他三十条步枪。

"不要住山洞了。"向卓安说，"那山洞哪是人住的？把队伍拖到百福司来，枪械库旁边有好些空屋，完全够你们住。"

瞿伯阶答应了，真的把队伍从山洞里拉出来，住进百福司枪械库旁边的营房里。

"把老婆孩子接过来住吧。"

瞿伯阶也答应了，真的派人把老婆儿子从龙山二梭接到来凤百福司。

他很感激向卓安旅长的好意。

在召头寨，攻打百福司的失利，对师兴吾的挫伤太大，逆火攻心，他病倒了。

梯玛给他化一碗水，让他喝下。

"瞿伯阶，瞿伯阶……"躺在牙床上，口里总在无休止地念叨。

瞿列成、冯登庸和师兴周围在牙床边，柔声安慰他，要他别多想，好生养息。

"阿哥，"师兴周说，"你莫总把瞿伯阶放心上，他有几斤几两，到时把他剿了就是。"

"不，不，"师兴吾摇头说，"原先我们并不了解他。他是三马星下凡，而非等闲之辈。我好后悔，没能把他留住，倒让张明富那头蠢猪把他挤走，让他为向卓安所用。"

"兴吾兄，"冯登庸善解人意，说，"你的意思，还是要把他赚回来，为我们所用。"

"我是这个意思。"师兴吾说，又转脸向瞿列成，"列成，你去百福司走一趟吧，他是你侄儿，是至亲，又曾经是你的部下，不会为难你。你跟他讲清楚，张明富要杀他，完全不是我的意思。这一点我可以对天赌咒。"

"我凭良心作证。"冯登庸说。

"只要他回来，什么都好商量，"师兴吾继续对瞿列成说，"要人给人，要枪给枪，要官给官。我想他会听你的话。"

"你打算给他个什么官？"

"让他当个营长怎样？"

"那好，"瞿列成勉强答应，"我去当一回说客，不晓得说不说得动他。"

"兴吾兄，"冯登庸想起一件能让师兴吾高兴的事，便说，"武汉方面搭信来，我们派去的人，已经用吗啡买到十二打（每打十二支）三保险驳壳枪，正在装船起运，我算了算时间，这两天应该到常德了。"

"好，好，"听到这个消息，师兴吾似如打了一剂强心针，绽开笑脸说，"有了这些枪，我们的实力更不在向卓安之下了。"

现在倒是苦了召头寨的区长瞿列成。令他去当说客，把瞿伯阶赚回龙山来，他是半点信心都没有。试想想，瞿伯阶现在最恨的人是师兴吾，时刻提防起心要害他的人也是师兴吾。这是一个死结。凭他瞿列成一张嘴巴，如何解得开？真后悔，不该答应师兴吾。

他冥思苦想，通宵不能入睡。想来想去，主意有了，瞿伯阶是被师兴吾逼过去的，现在要让向卓安再将他逼回来。

他修书一封。

伯阶贤侄：

你说你现在心情不爽，身在异地他乡，寄人篱下，行动多有不便。我是很体谅的。你说你拖队出走，是借百福司一方宝地暂住一时，等待时机还是要回龙山的。一个湖南人，在湖北闯荡，很难取得信任，不会有什么前途。事实的确如此。

自你走后，师兴吾团长（他现在是老统领钦命的龙山县保安团团长）后悔莫及。他说失去你这样一位将才，是自断臂膀。他再三嘱我，一定要劝你回龙山来。什么事都好商量，一个营长的位置给你留着。望贤侄三思。

族叔瞿列成亲笔

写完信，装进信封里，故意不把信封粘死。第二天，派人径直送至百福司向卓安旅部。

旅部参谋长见信封不曾粘死，随手抽出信笺一看，吃惊不小，立即送交向卓安旅长。

"哈哈，雕虫小技而已。"向卓安看完信，哈哈大笑，一手将信撕个粉碎。

"旅长怎么把信撕了？"参谋长诧异。

"这封信分明不是给瞿伯阶看的，而是给我们看的。这都看不出来？瞿伯阶是个讲信义的人，绝不会做出对不起我的事。再说，他刚戳了师兴吾的屁眼，师兴吾吃了大亏，如何容得下他？"

"不然，瞿伯阶胆大心大，自视颇高，从不甘居人下，他未必安心在这儿当个小小连长？旅长，人心隔肚皮，防人之心不可无啊！"

该参谋长本来对瞿伯阶便有所妒忌，觉得他一来就出尽风头，得到向卓安的过分信赖，心中生出一股莫名的不快。看过这封信，他开始留意瞿伯阶和他队伍的一切行动，对瞿伯阶的住处增加警卫哨，对旁边的枪械库严加防守，还派人故意去找瞿伯阶的部下闲聊，转弯抹角打探瞿部的消息。如问："龙山那边经常有人来看你们吧？""你们打算在这里住多久？""什么时候回龙山？"

为防止瞿部偷袭，他暗地里调动兵力，对瞿部形成包围态势。

瞿伯阶是何等精明之人，这些小动作，哪里瞒得住他？但又纳闷，究竟发生了什么事？直到瞿列成来到他的连部，他才恍然大悟，看来这一切都和师兴吾有关了。

"伯阶，"瞿列成接过一碗水，来不及喝，便说，"师兴吾派我来看你。他说以前的事大家莫再提了，就当是一场误会。他确是一个重才之人，一定要请你回去，一个营长位置给你留着。张明富来百福司杀你，千真万确不是他的意思。这点我和冯登庸都能凭良心作证。他是想亲戚之间好说话，是要张明富替他传话，劝你回龙山，要当连长可以，要当营长也可以。谁料张明富这个六亲不认的家伙，怕你回来压他一头，竟然动了杀心，干出这等伤天害理的勾当。"

"大叔，"瞿伯阶说，"你走累了，先喝口水，歇下气，我叫人去准备饭菜和酒。"对师兴吾和张明富的事，他避之不谈。

"伯阶，"瞿列成察觉有人在窗外偷听，便故意放大声说，"师兴吾还说，美不美，家乡水，亲不亲，故乡人。

龙山人不打龙山人，要团结拢来，枪口对外嘛！"

瞿列成走后，那位参谋长接踵而至。

"瞿连长，刚才有客来？"他问。

"不错，我的一个族叔。"瞿伯阶说。

"他在师兴吾那里当什么官？"

"他是召头寨的镇长，不是师兴吾的官。"

"他来找你，有要紧事商量？"

"参谋长，你太多心了。"瞿伯阶面对这种咄咄逼人的审问，显然不快，说，"老叔来看侄儿，吃肉，喝酒，抽大烟，还会有什么要紧事？"

"那是，那是，美不美，家乡水，亲不亲，故乡人嘛，这是人之常情，没有什么的。"

瞿伯阶现在完全明白，向部近日的异动，参谋长对他的监视，是对他有了极度的猜疑。真是白布落进染缸里，不清不白了。他心乱如麻，更没想到，师兴吾居然会对他来这么一手。这究竟是怎么一回事？

"这位老兄竟有如此海量，"半夜里，他睡在铺上翻来覆去地想，"竟然原谅了我，不计较我曾打死他那么多弟兄。"又想，"是不是骗我回去，而后对我大开杀戒，一举歼灭！为他那一百多弟兄报仇？"很快他又否定了这个疑虑，"瞿列成是我族叔，想来他不会骗我，不会为虎作伥。再说，师兴吾让瞿列成传话，说得那般恳切，不像要算计我，而是真心想我回去，不为向卓安所用。"

怎么办？思来想去，一个走字了事。但走也要走得干净，光明磊落，不落下让人嚼舌头的话柄。他将老婆、儿子留下，表示对向卓安完全信任，毫无二心，旁边的枪械库，满是枪支弹药，他命令部下，不准动一枪一弹。

回到召头寨，他火速派人给向卓安送去短信一封。

向旅长：

　　恕我不辞而别。感谢你始终对我信任和关照。但你部下对我疑心太重，此番离去，实不得已。如果你和师兴吾再打，我决不为他卖命。

　　敬祝安康

　　此致

　　　　　　　　瞿伯阶叩首

"你们好混账，凭空怀疑别人，"向卓安看完信，很是惋惜，气咻咻骂道，"瓦匠婆娘泥（疑）性重，你们都是瓦匠婆娘？生生地气走了我一个好帮手！"

二话不说，派人将瞿伯阶的老婆、儿子送回龙山。

十八

瞿伯阶率队回到召头寨，瞿列成甚是欢喜。他的计谋大获成功，看似根本不可能做到的事，他做到了，终于把瞿伯阶赚回来了。他把区公所的公人尽数叫出，拿着粉笔在大街小巷号房，将瞿部二三百人一一安置妥当。又让瞿伯阶住在区公所一间客房里，和他住的房间毗邻，说是彼此有个照应。

"伯阶，"瞿列成说，"师兴吾病得不轻，躺在床上许多天了。知道你回来，他不知几多高兴。你是不是去看看他？"

"当然，"瞿伯阶说，"无论是规矩还是礼数，我都该去拜望他老兄。"

躺卧在床的师兴吾，一见瞿列成领着瞿伯阶进来，急忙用两手撑着，坐了起来。

"前辈，"瞿伯阶双手抱拳致礼，说，"奉你之命，我回来了。"

"回来好，回来好，"师兴吾很是高兴，并伸手招呼，说，"坐拢来点，隔近点才好说话。"

瞿伯阶搬个独凳，坐到牙床边。

"你的气色真好，一身劲鼓鼓的。"师兴吾仔细打量瞿伯阶，又叹口气说，"你看我，病成这个样子。"

"放宽心，休养几日，定会复原。"瞿伯阶说，又不知如何安慰他才好。

"你是哪年出生？"

"光绪二十五年（一八九九年）。"

"我是光绪十六年（一八九〇年），比你痴长九岁，你比我兄弟师兴周大三岁。我们都是同辈。你不应叫我前辈。日后以兄弟相称好了。"

"要得，你是兴吾大哥。"

"你张开嘴我看看，门牙怎么少了一颗？"

"那年吃野猪肉，我攒劲一咬，不知怎么搞的，没有咬着野猪肉，偏偏咬在筷子头上。这颗门牙就被崩脱了。"

"那是野猪对你的报复。"

瞿伯阶和瞿列成都笑了。谈话是随意的、轻松的。彼此的距离一下子拉近了许多。

"躺在床上这些天，我始终在想，"师兴吾若有所思，说，"人生苦短。人生一世，草木一秋。天黑上床，脱掉鞋袜，不晓得明早还穿不穿得着？生死之间，只隔一道门槛，跨过门槛，就是另一番世界。这么想来，做事何苦那么较真？何苦要争个你输我赢？"

"老哥，"瞿列成说，"你是参透生死、大彻大悟了。"

瞿伯阶只不吭声。他不赞同师兴吾说的。他的信条是，活着就要干，大手大脚地干，要干得惊天动地。人都会死，迟早都是个死，有什么怕的？他并不过分看重自己的命，从不认为自己的命比别人的命更为宝贵。每回打仗，他总身处最危险的位置，根本不去想自己会不会被打死。据说有一回，他抱着一只小猫，对它说："猫儿猫儿，你是一条命，我也是一条命，没有什么不同；到时候，你变成一抔泥土，我也变成一抔泥土，更没有什么不同了。"

他很不解，师兴吾今天怎会生出如此消沉的念头？大约和他多日不见好转的病况有关吧？

师兴吾的病是越来越沉重了。

梯玛已使尽解数，化水不成用药，用药也不成，只好做一堂法事。只见梯玛头戴五佛冠帽，身着红色法衣，腰系八色布料缝制的八幅罗裙，手持铜铃司刀，亦歌亦舞。雄浑高亢的牛角号，节奏明快的铜铃声，司刀摇转的沙沙声，和着粗犷豪放的梯玛神歌，在召头寨师公馆的上空回荡。

梯玛唱道（意译）：

　　大神小神啊，

　　请你们起驾动身。

　　有十二个旗长啊，

　　排班侍候你们。

　　美酒像河水一样流淌，

　　佳肴摆满平地山岭。

　　我们虔诚地恭敬地

　　供奉你们啊！

梯玛又唱（意译）：

　　好啊！好啊！

　　美酒举得高高。

　　我头戴五佛冠帽啊，

　　身穿金银袍啊，

　　几多气派，毫光闪耀。

　　三元始祖啊，

　　头王太公啊，

　　巴沙老母啊，

敬奉你们啊，

我向你们禀告。

…………

法事过后，师兴吾的体质日渐有所起色。每日多少能吃点清淡食物，时不时将师兴周喊到床边，问问保安团的近况，并对这个不谙事的兄弟多有叮嘱和训导。

"兴周，我跟你说，"师兴吾语重心长地说，"这个瞿伯阶，不是池中之物啊！对他一是要用，二是要哄，三呢，顶顶重要的一条，要防。这是历朝历代的驭人之术。有人说他是三马星下凡。你就要做驭马大圣，拿笼头和缰绳套住它，不让它乱踢乱蹬，更不让它脱缰乱跑。"

"除了瞿伯阶，"师兴周说，"还有一匹不听招呼的野马，是一个叫王吉安的营长，他从不把我放在眼里。"

"那就要看你这个驭马大圣的造化了。"师兴吾说。接着，他调转话题，郑重其事地问："桑植县出了个贺龙，你听说过吗？"

"听说了。"

"此人厉害得很，曾经是老统领部下，任湘西巡防军第二支队队长，他如今当了红军，还是一个大官，目前正在武陵山区活动。老统领指示，为保存自己的实力，决不主动去打红军，必要时给他们让开一条路。"

"要得，听老统领的。"

师兴吾一席话，颇有些"临终遗嘱"的意味，他预感自己来日不多、行将就木。

这一点，师兴周似乎也察觉到了，他黯然神伤，泪水差点儿溢出。

"兴周，"师兴吾沉吟着说，"我刚才梦见一个人。"

"哪个？"

"一个古人，两千三百年前的一个智者，庄子。我见他骑一匹拐脚马，在荒郊野地里踯躅，眼见草窝里有一具骷髅，便勒马下来，问：'先生，你是怎么死的？是贪图享乐，酒色过度，一命呜呼吗？'没有回答，再问：'那么，你是两军交战，被敌军抓住处斩的吗？'又问：'你是做了缺德事，无地自容，自行了断的吗？你是因为穷困，衣食无着，饿死在这儿的吗？如都不是，那就活够了天年，自然死亡的了。'半夜，庄子梦见那骷髅主人站在面前，笑嘻嘻地说：'人的生命都是借来的，最终要归还上苍的。人一死，什么人间忧患都没有了，什么恩怨、争斗、构陷全过去了，那真是自由自在，惬意得很哪！'庄子说：'先生，我同鬼城司命神有交情，可以私下求他准你再生，你愿意吗？'骷髅主人摇头说：'你要我放弃现在的快乐吗？'"

十九

一日午后，忽听得外间吵吵嚷嚷，师兴吾便唤奉茶的使女叫师兴周进来。

"外间嚷嚷，"他问，"出了什么事？"

"哪有什么事？"师兴周搪塞，"你莫不晓得，他们讲话就爱起高腔。"

"外间吵得那么凶，还说没有事？"

"阿哥，你只安心养息，什么都不要揽。"

"你还要瞒我？"师兴吾紧追不饶，"我耳朵还没聋，听得清楚，你们在说驳壳枪。你照直告诉我，驳壳枪怎么了？运来召头寨没有？拿一把让我看看。"

"阿哥，"师兴周被逼无奈，只好说出实情，"你听了千万莫动气，身体是第一要紧的。那十二打一百多把驳壳枪，一到沅陵，就被老统领的三十四师强行提走了。"

听到这话，师兴吾大叫一声，口喷鲜血，在牙床上一歪，气绝身亡，享年四十有三。

消息传到瞿伯阶那里，他很是感叹，半天说不出话来。回想那天师兴吾很动情又很泄气说的一番话，瞿列成说他"参透生死、大彻大悟"了，其实他哪里参透？哪里彻悟？

瞿伯阶动了恻隐之心，当即换上素服，去到师兴吾的灵堂，烧掉一堆钱纸，点燃三根线香，插在灵台上的香炉里，然后对着冰冷的楠木棺材，恭恭敬敬磕了三个响头。

"兴吾大哥，你一路走好！"他说。

前来吊唁的人络绎不绝。师兴吾生前待人和善，并不欺压百姓，又多次剿灭召头寨周边的边棚散匪，维持一方治安，深得大众好感。

其弟师兴周与兄截然不同，生性粗俗鲁莽，刚愎自用，脾气极为暴烈，遇事稍不遂意，便大发雷霆，对部下拳打脚踢。

在灵堂上，保安团全团大小头目均来吊唁。老统领闻讯，特派一参谋快马送来挽联。

　　　上联：天若有情天亦老

　　　下联：月若无恨月常圆

　　　横批：痛失干城

該参謀当众宣示老统领命令：师兴周继任龙山县保安团团长。

"各位兄长，各位弟兄，"师兴周披麻戴孝，站在灵堂，用低沉的声调发话，"各位都是跟随我阿哥多年的老部下，已为师家立下汗马功劳。现今我阿哥去了，老统领令我接下这个位。我自知年轻不更事，诚惶诚恐，只怕辜负老统领的信任和阿哥生前的嘱托。今后还望各位兄长和弟兄多多扶持，把这支队伍带好。"

"一派假话空话。"说这话的，是一个叫王吉安的营长，亦是被师兴周指斥的另一匹"不听招呼的野马"。他从来就瞧不起这个妄自尊大的师家二少爷。

"我现在提议，"师兴周说，"趁着大家伙在场，当着我阿哥的灵柩，搞一个砍香拜把的盟誓，表白团结一致，不存二心，有福同享，有难同当。你们以为如何？"

"不行不行，"王吉安大声反对，"这不合规制。今天我们心情沉痛地吊唁师团长，怎么搞起砍香拜把来了？"

"王营长讲得有理。"许多人附和。

"是呀，兴吾大哥去了，我们难过得很，哪有心思砍什么香拜什么把？"

"依我看，师兴周一时糊涂了。"

师兴周一见烂了场合，手足无措，两眼发呆，刚接团长位就碰个硬钉子，一时忘掉自己身份，竟伏在他哥的楠木棺材上号啕大哭。

吊唁后，瞿伯阶和王吉安，各自带着自己的队伍，一同回二梭乡各自的老家去了。

打算离去的还有一位高参师爷冯登庸。这几年，他同师兴吾可谓亲如手足。师兴吾待人宽厚，对他言听计从，从未产生过歧见。现在他殁了，还留在这儿做甚？

提起这个新任团长师兴周，他真不敢恭维。记得他俩头回去凤凰镇箓拜见老统领，回来师兴吾问："这一路，我那兄弟没少给你添麻烦吧？"他真不知如何回话是好，想了一会儿才应付说："年轻人嘛……"

唉，师兴周的那些烂事，能对他老兄说吗？一路上，他总是扯扯绊绊，一会儿说累了，要歇气，一会儿说饿了，要进食，然而在荒山野岭，去哪里弄吃的？到了一处小镇，住进店家，不是嫌房间破烂，就是说床铺邋遢。这都不算什么，最后抵达目的地凤凰镇箓，他变得异常活跃，一门心思串街钻巷，满到处寻花问柳，要找那儿最漂亮的姑娘。为找姑娘，一天夜里，他竟不慎跌入粪坑，臭气熏天回到旅馆来，遭多少人掩鼻讪笑。他嗜赌如命，整天混迹于赌场，把带去准备孝敬老统领的鸦片和光洋，输个精光。回来的盘缠还是冯登庸找朋友借的。

"冯先生，"师兴周说，"你为何也要走？不能留下来帮帮我？"

"年龄不饶人啊，"冯登庸说，"我比你阿哥还大几岁，实在力不从心了。"

"你可以在我这里养息。"

"不了，这些年，我多少还有点儿积蓄，想去里耶盘个店子，做点小生意。"

师兴周再三挽留，但冯登庸去意已决，只能作罢。

二十

自己心爱的姑娘，眼看就要给别人用花轿抬走了。瞿波平心如刀绞，蒙头睡在铺上，不吃不喝，已经过了三天。阿妈愁得要死，坐在旁边总是劝。

"你是堂堂男子汉，好女儿哪里没有？日后另找一个。要想开点。"阿妈说。

瞿波平怕丑不出声。

阿爸坐在屋门口的竹椅上，手里握根竹马鞭烟杆，只顾吧嗒吧嗒吸着，没有一句话。

瞿波平和田小翠本是一对恋人。按毕兹卡习俗，瞿家聘请媒人，带上一把"团圆伞"，去田家为瞿波平求亲，征得同意后，又领瞿波平带上美酒、鲜肉、糍粑、团馓一应礼物去田家认亲（即订婚）。最后是"送日子"（择定婚期）的时候。正月初，瞿波平去田家拜年，礼物中有一条连带尾巴的猪后腿。如女家答应择定的日子出嫁，就收下有尾巴的猪后腿；如不答应，则将猪尾巴割下，退回男方，表示要推迟婚期。这回田家把猪腿连同猪尾都一并收下。就是说，瞿波平同田小翠的婚期已定下了。

瞿波平一家便忙碌起来，准备接亲所需的酒肉，送与新嫁娘的首饰、衣裳和布料。田家则忙着备办嫁奁，请木匠打制衣柜、澡盆、提桶诸多家具。田小翠自此再不迈出家门，从早到晚坐在织机上，系着腰带，手握牛骨挑刀，编织着色彩斑斓的"西兰卡普"（织锦被面）。她已完成了七八铺，有各种动植物的图案，也有寓意"福禄寿喜""琴瑟和谐"一类的吉祥文字。她还打算再编织几铺。

双方都在为他俩的婚事加紧筹办。

然而，谁也不会想到，田家竟突然悔婚了。瞿家多次

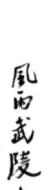

送过去的礼物，全部托媒人退回来。原来保长向云卿的儿子向三木也看中这个田小翠，也托请媒人去田家求亲。

"我一个女，怎么能许配两个郎？"田父自然不得答应，说，"这不是让人笑落牙齿？"

"你可以退掉瞿家的婚约。"媒人说，"向保长是什么人，你不是不晓得。他说了，他儿子无论如何都要娶到你的女。他看上你的女，也是你家的福分。"

田父抵不住向保长的威逼，只能托媒人去瞿家退婚。

"你去跟瞿家说，"田父无奈地说，"实在对不住啊，这是没有办法的事啊，手巴子哪里拗得过腿巴子呢？"

这对瞿波平无异于晴天霹雳。他怒火万丈，操起一把砍柴刀，要去找向保长和他儿子拼命。阿妈死死拖住他不放。

"人家有权有势，手里还有枪，"阿妈边哭边说，"你是去送死啊！"

阿爸依旧坐在屋门口，吧嗒吧嗒吸烟，没有一句话。

二十一

站在田小翠屋后的竹林里，瞿波平仍按以往的约定，拿出一支竹管小乐器"咚咚喹"，放在嘴边吹响。先吹一支"巴列冬"，再吹一支"那帕克"。田小翠听了，便明白瞿波平邀他在后山竹林里约会，就会如麂鹿一样飞跑出来，爬上绿竹掩映的山坡。

今次不同了，瞿波平等了又等，才见她慢慢腾腾出来，慢慢腾腾爬上山，慢慢腾腾走进竹林里。

在瞿波平怀里，她只是哭，只是哭，一双眼睛哭得又红又肿，桃儿似的，实在让人心痛。

"波平阿哥，"她哽咽着说，"我想去死，可又放不下阿爸阿妈。"

"不要，"瞿波平说，"我们逃走吧，去一个很远很远的地方，凭我一身蛮力，饿不死我俩。"

"阿爸阿妈生我养我，一口水一口饭把我拉扯大。我怎能只顾自己，把他们丢下不管了。我没有这么狠心。"

"可是你阿爸阿妈为你着想吗，硬生生把我俩拆散，他们的心不狠吗？"

"你莫怪我阿爸阿妈。他们有什么法，租着人家的茶山，种的是人家的田土。人家有权有势，这山界上哪个惹得起？"

瞿波平无语。他能说什么呢？

"波平阿哥，"田小翠说，"我们的缘分到头了。这是命。比我好的姑娘多得很。你去找一个吧。我再叫你一声波平阿哥，我们今后不要在这儿约会了。"

分手后，转眼已到田小翠出嫁的日子。

远处传来哭嫁的声音。按习俗，姑娘出嫁之前均要哭嫁，有哭七天到十天的，有哭一月到两月的。待嫁的姑娘哭，阿妈、阿嫂和同辈的十姊妹也在一旁陪着哭。

瞿波平听出田小翠的声音：

> 我的爹，我的娘，
>
> 你下贱的女儿，
>
> 如香炉脚下一堆钱纸灰，
>
> 狂风一来纷纷飞。
>
> 像树上的小雀，
>
> 长大离娘去，
>
> 一无枝歇，二无巢归，

今朝离去几时回？

瞿波平掀开蒙在头上的被子，又听田小翠哭完爹娘哭哥嫂，哭完哥嫂哭姊妹，哭完姊妹骂媒人：

媒人婆，媒人婆，

天天都往我家梭，

踩浑了大河水，

踩崩了烂岩壳。

又接着骂：

你做媒人想新鞋，

树上的鸟儿哄得来，

你做媒人想喝酒，

坡上的猴子哄得走。

花言巧语几箩斗，

不愁钱财不到手，

你好比我家馋嘴狗，

东家走了西家走。

…………

瞿波平听着，锥心般痛。他掀开被褥，翻身下床，光起膀子，提了衣服往外走。

"阿妈，"他说，"我走了，日后难得回屋了。"

"你去哪里？"阿妈担心地问。

"去找瞿伯阶大哥。"

"他是抢犯头子，你也去当抢犯？"

"对头，去当抢犯。"

"唉！"阿妈一声叹息。

阿爸依旧坐在屋门口，吧嗒吧嗒吸烟，什么也不说。

二十二

瞿伯阶和王吉安，各人拉着自己的队伍，同回二梭乡，两支队伍合股后已有五百多人枪，实力大增，这在湘西算得上一个大股了。瞿伯阶和王吉安意气相投，便砍香拜把，结为义兄弟。王吉安的儿子王家仁又拜瞿伯阶为干爹。

晚夕，烧夜火时候，瞿伯阶与王吉安蹲在火塘边喝酒，吃野猪肉。锅子架在铁三脚上，拌上红辣子的野猪肉在锅里嗞嗞冒油。

卫兵进来报告，有一后生站在屋外，等候求见瞿伯阶。

"叫他进来嘛。"瞿伯阶嚼着野猪肉说。

待那后生进来，瞿伯阶一看，是他的族弟瞿波平。

"伯阶大哥。"瞿波平称呼。

"哦，是你，"瞿伯阶向王吉安介绍，"这是我的族弟瞿波平，"又转向瞿波平，"这是刚结拜的义兄，你该叫吉安大哥。"

"吉安大哥安好。"瞿波平说。

"我这兄弟真有口福。"瞿伯阶笑道，又对瞿波平说，"自己去拿一个碗，一双筷子。"

瞿波平拿了碗筷，也在火塘边蹲下，陪两位大哥喝酒吃野猪肉。

"你是来找我有事？"

"我要入伙，跟大哥背枪。"

"要得，我这里不怕人多。"瞿伯阶满口答应，想了想，说，"你就当我的勤务兵吧。有人说我是三马星下凡，你就是我的驭马童子。"说着自己笑了起来。

卫兵报告，召头寨区长瞿列成求见。

"嗨嗨，"瞿伯阶笑道，"师兴周的说客到了，锅子里的野猪肉只怕不够了。"

"正巧，吉安营长也在，"瞿列成进来，自己取了碗筷，在火塘边蹲下，说，"我就省得一个个去找你们俩了。"

"又是师大团长派你来传话？"瞿伯阶说。

"正是，"瞿列成说，"兴周这些天苦恼得很。他清楚自己能力有限，在队伍里威信也不高。"

"他凭什么当团长？"王吉安愤然说，"还不是借他哥的灵牌？再一个有老统领做靠背。知道自己无能，无威信，那就把团长让出来，给有能力有威望的人去当嘛。"

"兄弟，你搞错了，"瞿伯阶说，"这个保安团姓师，是他师家的保安团，哪里肯让给别个！"

"兴周的意思，"瞿列成说，"老统领下的任命，他又不能不接。他诚心实意，要请二位多多扶持，多多帮衬。他说他只能仰仗二位兄长，对二位兄长绝无二心，切莫猜疑。"

瞿列成啰唆了一阵。这些说辞当是事先准备好的。到后，他从衣袋里摸出一张硬壳纸，递给瞿伯阶。

"啥子东西？"

"委任状。委任你为龙山县保安团第四营营长，已送老统领那儿报批。"

"不就是一张硬壳纸嘛，有个卵用。"瞿伯阶沉下脸说。他随手接着，未看一眼，正要一把撕碎，又突然停

风雨武陵山

手，甩给勤务兵瞿波平，说："先收起吧。"

"大哥，"待瞿列成走后，瞿波平问，"你答应当师兴周的营长？"

"他算什么东西？"瞿伯阶嘿嘿冷笑，说，"我会服从他师兴周？不过，保安团是个正牌子，挂一挂也好。"

二十三

进入这个完全陌生的家，田小翠不曾说一句话。她的眼神是游移不定的，透露出内心的慌乱，极度的恐惧。这不是她的家，是别人的家。她是来给别人烧茶煮饭、侍奉老小的，给别人生养儿女、传宗接代的。再没有亲爹亲妈对她的疼爱了。阿妈曾谆谆嘱咐："到了别人家，说话要小声，走路要轻步，手脚要麻利（勤快）。"唉，这就是一个女人的命运和归宿吗？

向三木的心情恰恰相反。这个漂亮女人终于进了他家的门，成为他的妻子，将和他同床共枕，做那种人生中最快乐的事。他心里热乎乎的，一双眼睛死盯着她，越看越觉得她那么迷人，真有些隐忍不住了。不是说"秀色可餐"嘛，恨不能一口将她吞进肚里。

"儿子，"父亲向云卿叮嘱，"你慢慢来，性急不得哦！"

向三木从内衣里解开一条肚带，拿出一个小小的篾篓子，内中填满棉花，一个画眉蛋包裹在棉花里。父亲知道，这是一种孵鸟的办法。他年轻时，也采用这法子，用自己的体温将一个鸟蛋孵出一只小鸟。

"阿爸，"向三木说，"你放心，她就是一块冰冷的石头，我也会把它焐热。"

头一夜，田小翠整夜坐在床边，不肯睡觉。不论向三木怎么逗她，催她上床睡觉，她都不予理会。

"我不想睡。"她简单地回答。

"为什么？"

"没有瞌睡嘛。"

向三木并不埋怨，陪她坐了一夜。

"你为什么要娶我？"她猛地说。

"因为我太喜欢你了。"

"可是你知道瞿波平有多伤心吗？我这辈子对不起他了。"

"他伤心什么，没有你，他很快就会去找别的姑娘，说不定他已经找到了。你也没有什么对不起他的。快别想他了，丢开吧。"

第二夜，田小翠实在熬不住了，上下眼皮直打架，不得不睡了。但她拒绝脱衣，向三木要帮她脱，她双手紧紧抱住衣裤，拉开向三木的手。向三木只能作罢。

"这是为什么？"他问。

"我心口病犯了。"她说。

两人虽同床但和衣睡了一夜。

"昨夜怎样？"次日，父亲试探着问。

向三木摇头。

"我还是那句话，"父亲说，"慢慢来。瓜熟必然蒂落。说不定今夜就见分晓。"

第三夜，田小翠真的不再坚持，让向三木将她的衣服完全脱光。头一回裸身站在一个男人面前，她羞得满脸绯红，全身发抖。

"这不是丑事，"向三木开导她说，"你是我婆娘，我是你丈夫，而且是明媒正娶。谁两口子不是这样？男欢女爱，阴阳交媾，天经地义，是大大的喜事。"

田小翠不蠢，这道理她怎不明白？可是当向三木将她拥入衾枕，裸身压在她上边时，她依然羞得伸出双手，捂住自己的眼睛。接着，向三木用舌头尝遍了她的身子。两人最为灵敏的器官开始触碰，开始冲撞。这冲撞是有节奏的，滑溜溜的，使人愉悦的。向三木是这方面老手，他很懂女人，能把女人弄得舒服至极。田小翠却是有生以来头一次，她觉得这种快感正在聚积，不断地聚积，到了顶点，猛然间爆发开来，一股暖流注入体内，使她震撼、陶醉，最后她瘫软如一摊稀泥。

"怎么样？"天亮后，父亲问儿子。

"成了。"向三木兴奋地说。

"见红吗？"

"见了。"

直到这时候，田小翠才从心底里确认，她是向三木的人，向三木也是她的人。她开始依恋向三木突出的喉结，宽阔发达的胸肌，粗大有力的手臂。她离不开向三木了。

一天，向三木将一串钥匙交给她。

"粮仓的钱柜的都在这里，"向三木说，"你拿着。从现在起，你就是这儿的当家人。"

又一天，向三木从外边回来，一脸诡谲的模样。

"小翠，"他说，"告诉你一件事。瞿波平到瞿伯阶那儿当枪犯去了。"

“是真的？”田小翠很是惊诧。

“千真万确。他一去就打家劫舍，杀人放火，强奸妇女，什么坏事都干尽了。”

“天杀的！”田小翠骂道。

二十四

瞿波平当上勤务兵，开始了全新的生活。从早到晚，不离瞿伯阶左右，凡事听从他的吩咐。一有空闲，他就拨弄那把属于他的勃朗宁手枪，拆开，擦洗，瞄准，射击。对他来说，这把枪实在太神秘，不，太神圣了。这是他最心爱的宝贝。他的全部心思和情感都投放到这把枪上。这枪就是他的生命。

给瞿伯阶当勤务兵的，还有一个瞿麻三。他的辈分小，喊瞿伯阶"大叔"，喊瞿波平"小叔"。人很精明，做事滑溜，手脚勤快。队伍一达驻地，不用喊，生个火，烧壶水，拖草开铺，都是他抢着做。打起仗来又肯拼命，冲得起几炮，从不耍奸使诈。所以他人缘极好，讨得大家喜欢。瞿伯阶也蛮喜欢他的。

然而，因为一事，瞿伯阶硬要把他枪毙。那是驻扎在洛塔的一个早晨，瞿伯阶刚洗完脸，打算喝一杯早酒。一个老汉跌跌撞撞进来，见到瞿伯阶，便伏地跪倒在地。

"瞿司令，我倒大霉了，你救救我一家人吧。"老汉眼泪巴沙地哭着。

瞿伯阶连忙扶起老汉，按在椅子上坐下，又倒一满杯酒敬上。

"老人家，"他说，"先喝一杯酒，究竟什么事，你慢慢说，我瞿伯阶为你做主。"

"昨夜头，有个兄弟来我家接火点烟，坐了好一阵才走。今早我打开碗柜，一罐鸦片不见了。我一家老小五口，就靠它换饭吃呀！"

"那个兄弟长什么样，你认得出吗？"

"认得出，是个麻子脸。"

瞿伯阶一听就明白，是瞿麻三！

"去，把瞿麻三找来。"瞿伯阶沉下脸，对瞿波平下令，还说，"这还得了，非枪毙不可，要杀一做百！"

瞿波平晓得拐场了，瞿麻三大祸临头，只怕脑壳要搬家了。他心急火燎地找到瞿麻三，叫他带上那罐鸦片，进门后老实认罪，求大叔和那位老人家饶命。

瞿麻三吓破了胆，进门后将鸦片还给老汉，立即跪在瞿伯阶面前，鸡啄米似的磕头不止。

"司令大叔，"他痛哭流涕，全身如筛糠，哆哆嗦嗦说，"饶我这一回，下回再也不敢了。公公，请帮我求个情啰。"

"瞿司令，"老汉帮着求情说，"这位小哥也是一时糊涂，既然鸦片都退给我了，就莫再追究啰。"他明白，这帮人枪杆子在手里，哪一个都得罪不起。

"司令，"几位连排长也来替瞿麻三求情，"念在他做事勤快，打仗卖力，就饶他一回吧。"

瞿伯阶本意并不想杀瞿麻三，只是如今场合搞大了，跨省过县，打打杀杀，失去民心就站不稳脚跟。自己宣布约法三章，决不准欺压穷人。如果不来几手硬的，怎能取信于人？想到这里，他咬咬牙，痛下决心。

"你们不要多讲了，"他斩钉截铁地说，"把瞿麻三拉出去，枪毙！"

瞿波平见事情已无法挽回，叫来两位弟兄，把瞿麻三拖了出去。

不一会儿，远处传来一声枪响。满屋人都难过地勾起脑壳。

瞿伯阶长长一声叹息。

几天后，队伍回到二梭。当晚，瞿波平带了一个人来见瞿伯阶。此人不是别人，竟是在洛塔被"枪毙"了的瞿麻三。

"大叔，"瞿麻三哭丧着脸说，"我是死过一回的人了，不能再死第二回了。"

瞿伯阶瞪了瞿波平一眼。瞿波平正咧起嘴巴，嘻嘻地笑。

"狗日的，"瞿伯阶哼了一声，骂道，"你倒会做好人。"又厉声对瞿麻三吼道，"你以后再跨进洛塔一步，我抽你的脚筋。若再偷穷人家的东西，就断你的手。"

二十五

师兴吾临终前嘱其弟：

"一定要听老统领的话，不得主动攻击红军，以保存自己实力。"

师兴周并未听进耳，存于心。为着向国军邀功，他三番五次，自不量力主动阻击红军。在湖北宣恩沙道沟，在龙山石羔山，在永顺王村，连续打了三仗，屡战屡败，死伤数百，弹药消耗殆尽，从此一蹶不振。

民国二十四年（一九三五年）六月十八日，贺龙亲率红二军团回师龙山，以一个整师兵力，将龙山县城围得水泄不通。师兴周的县保安团在城内只有两百多人，正在惊惶之际，老统领的刘文华团赶到，乘夜进入县城。加上撤进城的乡保武装，增至三千多人。

瞿伯阶的队伍名义上仍属县保安团第四营。师兴周急调瞿营据守龙山南门。服不服调，瞿伯阶颇多犹豫。

"我与贺龙红军前世无冤，今世无仇，"他说，"为啥子要与他为敌？"

"如若不去，只怕驳了老统领的面子，"瞿波平说，"师兴周也会借机说你胆小怕死。"

"如此说来，只得去了。听说红军厉害，师兴周几次都被红军打趴。此去恐怕凶多吉少，我得有个准备。"

思来想去，他将队伍分成两部，一部由自己带去，打算送掉；另一部交胞弟瞿兴瑾留在二梭老家。如在龙山垮了，家乡还有老本，可以东山再起。

龙山城垣高耸，墙体坚实，城外碉堡林立，易守难攻。然红军英勇善战，不到十天，便将城外碉堡全部拔除。守军或降，或歼，或撤入城内。

六月底，红军开始扑城，突击队曾数次冲上城垣。但守军凭借有利地形、精良武器，奋力坚守。师兴周、刘文华集中五十多挺轻重机枪，于城破处疯狂扫射。城外水田里的禾苗均被枪弹打得稀烂。

红军围城四十九天，城内弹尽粮绝。国军便用飞机空投。只是空投技术太差，竟把粮食、枪弹一应物资，投到城外红军阵地。师兴周、刘文华两次向城外突围，均被红军堵回。城内百姓乘夜缒城而去，红军并不阻拦。这时，师兴周在城内的二百多精锐已所剩无几。

围城期间，红军在龙山象鼻岭、永顺小井、湖北来凤胡家沟，消灭国军增援部队。又在召头寨抄没师兴周的老巢，捣毁他的兵工厂和吗啡厂，将其储存的枪支弹药搬运一空。

七月二十七日，眼看即是城破之日，但红军却主动撤除包围，离龙山而去。

事后方知，红军此次围城，并不以攻克龙山县城为目的，而是围城打援，拖住国军部分主力，策应中央红军顺利长征北上。有人亲见，在围城期间，贺龙竟悠闲地坐在河边，消消停停钓到一条大鲤鱼。

龙山县城解围之后，师兴周大张旗鼓吹嘘守城功劳，召开庆功大会，一时名声大噪。为笼络地方武装，国民党军事委员会派员亲临龙山，给师兴周颁发二等"国范"奖章。师兴周且将其他奖品分授自己的亲信。

"师家兄弟一丘之貉，不能与之为伍。"

瞿伯阶气得大骂，当夜就从县城将自己队伍拖回二梭。经过离城不远的洗洛乡时，瞿波平说，师兴周有一个排的队伍在这里驻守。

"把他们的枪全缴了！"瞿伯阶命令，并说，"警告一下师兴周，我瞿伯阶不是好惹的。"

二十六

武陵山哟，你这多情的土地，你用鲜美的乳汁，养育了一代又一代毕兹卡儿女，让男儿健壮如牛，女儿美艳如花，在勤奋耕作和欢歌劲舞中，日子过得如蜂糖一样甜蜜。

武陵山哟，你这灾难深重的土地，人们拿砍刀耕耘，用头颅播种，处处是死人的白骨，房屋燃烧后留下的灰烬，摆手堂、调年坪成为杀戮的屠场，溪河里流淌着鲜血和泪水。

武陵山哟，你在哭泣。

和龙山县毗邻，永顺县石堤西的一个逢场天。场口上，竖起一根五六丈高的木杆，顶端挂着一颗血淋淋的人头。木杆上写有一行大字："这就是红军走狗彭传绪的下场！"

彭传绪，何许人？红军占领石堤西时，为开辟根据地，建立了农会和赤卫队。彭传绪被推为凤栖坪农会主席和赤卫队长。其间，他发动农友，斗争了桐油坪的恶霸保长刘四两兄弟。现在红军撤走了，刘四兄弟为报私仇，便将彭传绪枪杀，并在这儿枭首示众。

围观的人们议论纷纷。

"红军一走，到处杀人。"一个背背篓、握烟杆的老汉感叹，"不晓得杀了多少？"

"你没听说，"另一个挑箩筐的老汉接话说，"光龙家寨一处就杀了四百多人。凡是和红军有一丝牵扯的，都捉来杀了。不是拿步枪一个一个杀，是拿机关枪一排排扫。"

"唉，这么杀杀杀，这儿的人要绝种了。"

在围观人中，有一个二十来岁的后生家，他是不久后将名扬湘鄂西的角色，人称"叫驴子"的彭春荣。他身材高大，虎背熊腰，尖长脸，右下颌有一颗大黑痣。他两拳紧紧握着，炯炯有神的眼里旋着泪花，心里充满了压抑不住的悲愤。

彭传绪与他年龄相仿，辈分上是他的族侄。两人相处亲密，情深谊厚。而今族侄竟被刘四兄弟杀害且被枭首，他怎能忍受？

两年前，他曾在老统领那儿当兵，偷出两支步枪，一直藏在家里。这天，他拿出一支，装上子弹，乘夜去到桐油坪。

刘四两兄弟正在火塘屋饮酒，见叫驴子彭春荣提着步枪进来，大为吃惊。

"你，你，你是哪个？"刘四问。

"我是彭传绪。"彭春荣答。

"彭传绪？"刘四并不认识彭春荣，加之桐油灯灯光昏暗，看不清来人面目，便说，"你不是死了？你究竟有几条命？"

"命只有一条，且被你杀死了。可是阎王派我回来报仇，要取你两兄弟的狗命。"

一声枪响，刘四一命呜呼；又一声枪响，刘四的兄弟陪着他老哥奔黄泉去了。

彭春荣身上背了命案，区长袁霞楼派兵四路追捕。他则邀集十多个患难弟兄，以两条步枪起家，开始了绿林生涯。一年后，他已有人马四十余，活动在永顺境内的白腊、铜瓦、草鞋铺、叫木溪一带。

袁霞楼缉拿不到彭春荣，故而整日里胆战心惊。一到天黑，他就躲进关帝庙里，不敢留在区公所睡觉。关帝庙围墙高筑，门户严实，袁霞楼放心地与一好友靠在铺上抽大烟。谁料彭春荣买通守庙的王倌，门外击掌三声，他便打开庙门，彭春荣等人蜂拥而入。

袁霞楼惊慌失措，匆忙下床，打算越窗逃命。这时枪响了，袁霞楼应声倒在窗前。

他的朋友见状，吓得跪在地上。

"你不要怕，"彭春荣说，"冤有头，债有主。你只做个见证，袁霞楼是我叫驴子杀的，莫要连累别人。"

袁霞楼死后，保安团营长彭春荃兼任石堤西区长。他较袁霞楼更为歹毒，派兵对彭春荣紧追不舍，还抄了彭春荣的家，霸占了他的老婆，扬言："不打死叫驴子誓不为人！"

"不杀掉彭春荃，不算角色！"这是彭春荣对彭春荃的回答。

一个在明处，一个在暗处，二彭明争暗斗，不是你死即是他亡。

这天，天气晴好，彭春荃正在门前晒谷场上，勾起脑壳记账，抬眼发现两个后生缓缓走了拢来。

"你们找哪个？"他不在意地问。

"我们从九斗溪过来，"一后生说，"想来这边打零工，你这儿要人吗？"

不待彭春荃答话，二人扑将过去，抽出藏在内衣里的砍刀，三下两下，将彭春荃活活砍死。他们正要进屋，去杀彭春荃的独子，来个斩草除根，但被从隐蔽处闪出来的彭春荣喊住。

"要不得，"彭春荣说，"彭春荃该杀，他的家人与此无关，不要伤害。"

杀了彭春荃，还有一个叫向玉汝的乡长必杀不赦。他多次向县府和国军告密，协同抓捕彭春荣。农历正月初，正是亲友间拜大年的时节。彭春荣率三十条人枪，穿戴警察衣帽，手持彩礼，吹吹打打，燃放鞭炮，前往乡长向玉汝家"拜年"。

警察局来拜年，向玉汝受宠若惊，高兴得不得了。他笑脸相迎，伸手递烟，搬板凳请坐，还吩咐家人大办酒席，招待这伙难得来的贵客。

三张大桌排开，腊肉腊鱼新鲜猪脚猪头堆得满满，酒是包谷烧，提出来好几坛。

向玉汝不停地给彭春荣敬酒。

弟兄们敞开肚皮，边吃边喝边闹席。这个说猪头走味了，那个说腊肉哈喉（变质）了，腊鱼又太咸了，嘻嘻哈哈，喝得云山雾罩。

"向乡长，"酒足饭饱之后，彭春荣站起来说，"你好生看看，我是哪个？"

"你不是县警察局的张局长吗？"向玉汝虽和县警察局常有来往，但对几个头目并不熟悉，只能估猜。

"不是。"

"那就是王局长了。"

"也不是，我姓叫，是叫局长。"

"没听说有个姓叫的局长呀。"

"奇怪，连叫局长你都没听说，那你听说过叫驴子吗？"

向玉汝大惊失色，终于明白，给他拜年的是他天天喊抓的叫驴子。但是他明白得太晚，一切都来不及了。

枪杀向玉汝之后，彭春荣陷入沉思。

"午饭由向乡长请了，"他说，"晚饭去哪里吃呢？走，去杨氏坡。"

当天下午，叫驴子彭春荣又如法炮制，去杨氏坡，将多次追捕他的孟保长打死。

到了民国二十九年（一九四〇年），彭春荣造反拖队已成气候，拥有人枪数百，活动范围扩至大庸（今张家界）、沅陵边境。此时他听说龙山有个瞿伯阶，已起事多年，其势正盛。此人交游甚广，为人豪爽，颇讲义气，是个可与深交之人。届时当与他联络，彼此若能相互配合，岂不为一大幸事。

二十七

瞿伯阶年长叫驴子彭春荣十四岁，然而惺惺相惜，他对这个异军突起的小兄弟，给予特别的关注。彭春荣的队伍纪律严明，绝不骚扰穷人，专打官家的团防和无良的乡保长，这和瞿伯阶拖队的理念完全一致。

"听说叫驴子近日的消息吗？"

斜躺在铺上吸大烟的瞿伯阶，这样问他的勤务兵瞿波平。

"听到一些，"瞿波平据实告之，"前几日，他带了一百多人枪，在古丈罗依溪捉了几个码子，赚了几家大户的六千光洋。又说他在凤滩打了湘警的一条商船，缴获长短枪四十多支。船上还有几百匹布，他全部散给了当地百姓。"

"要得，叫驴子好角色！"瞿伯阶夸道。

一警卫进来报告，师兴周的警卫班长彭玉清带着十几个弟兄来投。

瞿伯阶诧异，究竟发生了什么事？

"叫他进来吧。"他放下大烟枪，说。

彭玉清一进门，就在瞿伯阶跟前跪下，痛哭流涕说不出话来。

"老么，"瞿伯阶说，"一条七尺男子汉，哭什么哭，有话照直讲嘛。"

"大哥，"彭玉清说，"你救我一命吧。"

"你不是好好的嘛，怎么叫我救命？"

"大哥，师兴周要杀我呀！"

"你犯了什么事，他才要杀你？"

"大哥你晓得，他有匹枣红马，不知怎么的，突然死掉了。他怪我喂了有毒的草料。马是他的宝贝，说要拿我抵命，给马祭灵。我只能来投大哥，日后为大哥效力。请大哥可怜我，收留我吧！"

"起来，老么，"瞿伯阶将彭玉清拖起，安慰说，"你就留在我这里好了，有我在，他就杀不了你啰。师兴周这个人呀，鼠肚鸡肠，容不得人，与他老兄，没法比。"

彭玉清安顿下来，瞿伯阶对他以诚相待，视同自己的老部下。

但有种种迹象，引起勤务兵瞿波平不解。这个彭老么，怎么有事无事总往大哥住处跑？见有人在，很快又走掉；感觉到他也在观察自己，似乎在提防自己。由他带来的那伙弟兄，总凑在一块轻声说话，如有人靠近，他们就闭嘴不说了，显得那么神秘，那么鬼鬼祟祟。

一天深夜，瞿伯阶正要睡觉，彭玉清又来了，见瞿波平在，稍坐一会儿又起身走了。

瞿波平很觉怪异，便轻手轻脚跟在后边，直至彭玉清的住处，贴在窗下偷听。

"班长，还是没搞成？"

"那个瞿波平总在那里，哪有机会？"

"真搞不成，如何向师团长交代？"

"……"

瞿波平大吃一惊，赶忙跑回瞿伯阶睡房，把他从梦中喊醒。

"大哥，彭老么狗杂种来者不善。"

"怎么回事？"

"他在等机会对你动手。我在窗外听得清清楚楚。是师兴周派他来杀你的。"

"哦，是这样，"瞿伯阶吩咐说，"莫惊动他，我明天要让他讲真话。"

次日，瞿伯阶不动声色，把彭玉清喊到他的鸦片铺前，让他坐起。

"老么，"瞿伯阶一边吞云吐雾，一边平静地说，"我晓得，你来我这里要干什么的。"

一句话，彭玉清被吓得失魂落魄。

"我现在给你讲清楚，"瞿伯阶依然毫不动气地说，"师兴周派你来杀我。你若不杀我，师兴周不会放过你；你要是把我杀了，师兴周还是不会放过你。你想想，师兴周可以利用你杀我，他必然担心，别的什么人也会利用你去杀他。你想想，他不防着你才怪。"

彭玉清抖抖瑟瑟跪在地上，一脸煞白。

"我现在要处治你，把你杀了，轻而易举。但我不是师兴周，不做这种事。你如果愿意留下，我欢迎你，还会重用你。你若不愿留，可以回去，就说瞿伯阶防卫很严，无法下手。"

"大哥在上。"彭玉清感动地说，"不瞒大哥，我确是奉师兴周命令，来投诚是假，来杀大哥是真。可对大哥这种大仁大义之人，我确实下不了手。这是真话。师兴周许我，事成后，让我当连长，还赏我五百大洋。我后悔一时糊涂，鬼迷心窍，真不该答应他做这种不仁不义、伤天害理的事。"

"你打算何去何从？"

"只要大哥不疑心，信得过我，我愿意跟随大哥，为大哥卖命。"

"我一定不怀疑你。只是，在我这里，光洋没得。当连长也做不到，我的人太少，只有排长当。"

彭玉清留下来，从此一心一意、死心塌地跟着瞿伯阶，立下许多战功，从而受到重用，从排长当起，一直当到支队长、团长。这是后话。

二十八

红军撤离、龙山城解围之后，师兴周大肆招兵，购置枪弹，扩充实力。龙山军政事务由他一手把持。县属重镇里耶镇镇长兼商会会长瞿闵生，为借重他手中武力，索性与其结为儿女亲家。里耶商会发行流通银票，有枪杆子保护，竟能全县通行，且在川东秀山、酉阳诸县，也有信用。

这天，瞿闵生急匆匆来县城找到师兴周。

"兴周，大事不好，里耶要遭难了。"他心思很重地说，"酉阳匪首白树庭，勾结地霸张绍卿和秀山巨匪伍南卿，要联合攻打里耶。"

"啥子由头？"师兴周问。

瞿闵生介绍，事情由一个叫陶万泰的人而起。白树庭派人携带大量烟土，到常德找一捎客陶万泰，为他购买枪支弹药。陶万泰这家伙见财起意，竟把来人杀了，吞没了烟土，而后潜来里耶藏身。然而他的行踪被白树庭探知，便派两名杀手，将陶万泰杀死在里耶的柳树坪。瞿闵生眼见四川人竟敢来自己地盘杀人，愤愤不已，也派手下在里耶街上将那两名杀手击毙。

"他们口说是来里耶报仇，"瞿闵生说，"其实是眼馋里耶繁华富庶，是块五指膘肥肉，要来里耶咬一口，大发横财。"

师兴周听完瞿闵生一番话，半天不吭声。他默念，里耶一仗，不打则已，要打就得打出声威，让你们看看，他师家军有多厉害，他师兴周算不算角色！

"大可放心，"他信心十足地说，"让他们来。有我在，白树庭一帮龟儿子休想进里耶！"

师兴周还颇有韬略。一般人不知，他在家乡内七棚留有一支很少动用的精锐"子弟兵"。现在要拿出来露一手了。他立即返回家乡，将三百多人枪召集拢来，乘着夜色，神不知鬼不觉地开进里耶镇。稍事休息，他就将队伍精心地做好一番部署，隐藏在全镇几个制高点上。外围则让瞿闵生的镇丁防守。开打以后，只许败，不许胜，把对方引入他预设的几个火力点。

这一部署，白树庭方面全然不知。

第二天，伍南卿率匪众三百余人枪先期抵达，沿酉水河畔向里耶发起进攻。里耶镇丁佯装不堪一击，边打边退。伍南卿的队伍洋洋得意，猛追到镇边街口。这时，师部埋伏在两边制高点上的轻重机枪一齐开火，打死打伤数十人。伍南卿这才明白，里耶已有重点防守，便令部下立即撤退，重新组织进攻。

次日，白树庭率三百多人枪赶到，从里耶西北山坡往下打，与伍南卿对里耶形成夹击的态势。师兴周奋力阻击。双方激战一天，白树庭、伍南卿无法前进一步。

第三日，张绍卿也率四百人枪赶到。但见里耶防守严密，便按兵不动。

师兴周知道，已在里耶经商的冯登庸与张绍卿素有往来，便登门拜访冯登庸。

"冯先生，为着里耶不被蹂躏，请你助我一臂之力。你和张绍卿素来交好，若能前去说和，请他罢兵，岂不是里耶之福？"

冯登庸甚觉有理，便满口答应，去了小半日，回来告诉师兴周，张绍卿是个明理之人，一切都说妥了。

果然如此，张绍卿在近边山头上看了两天热闹，一枪未放就悄然退走了。

战事持续六七天，白树庭、伍南卿无法打进里耶，自己反遭重大损失，又听说龙山方面援兵已经逼近，形势于已极为不利，只好颓然撤兵。

白树庭、伍南卿撤兵之后，在其驻地捡到竹背篓数百个。若是打进里耶，可以将整个里耶用竹背篓背走。里耶能免除一场劫难，确系师兴周保全之功。因而里耶民众杀猪宰羊，献歌献舞，踊跃劳军。湖南省政府对师兴周通令嘉奖，送达"勇"字旗一面。

二十九

会议在龙山城外的亭子堡举行。

这是一次不寻常的军事会议。主持会议的是早先进入湘西围剿红军的一名国军团长。参加会议的有龙山县保安团团长师兴周，营长瞿伯阶、王吉安和其他几个营长、副营长。

师兴周刚刚打了一场胜仗，又获省政府通令嘉奖，自然神清气爽，自鸣得意。瞿伯阶望着这个要取自己性命的人，一肚子的火，但他隐忍不发，装出一副若无其事的样子。

"各位，"国军团长说话，"议事之前，我先为你们唱一首军歌。歌名叫《义勇军进行曲》。你们要听好歌里的词儿。"

众人觉得新鲜，开会就开会，唱什么歌？又不是学堂里娃儿们的歌咏课。只见他咳嗽一声，喝口茶，便敞起喉咙唱。众人听着，渐渐听出一些意思，是一首打日本鬼子的歌。

"大家听得清楚吧，"唱完歌，他说，"中华民族到了最危险的时候，要用我们的血肉筑成新的长城，要冒着敌人的炮火前进！告诉大家，前些日，蒋委员长在江西庐山发话，号令全国同胞一致起来抗击日寇，地不分南北，人不分老幼，有钱出钱，有力出力，保家卫国，人人有责。"

"我们这儿离前线老远，怎么个抗法？"一个营长问。

"这就是今天开会要说的。省政府下令，由老统领组编一个师，交师长顾家齐带领，立即开赴抗日前线。你们龙山县保安团，也要组编两个营，补充到顾家齐师。若由师兴周团长带去当然最好。如果师团长不去，可交给信得过的人带去。这个组编事宜由我监督执行。"

"上峰命令当然要服从。"师兴周说，"我县保安团一定组编两个营，由贾玉昌（师兴周妹夫）营长、师秀章（师兴周侄子）营长分别带去。"

"这样很好。"

"瞿营长，"师兴周对瞿伯阶下令，"你营也编一个连，配属贾玉昌营。"又对王吉安下令，"王营长，你营也编一个连，配属师秀章营。怎么样？"

瞿伯阶、王吉安没有吭声。他们无话可说。抗日是国家大事，老统领都派出队伍去了，他们当然也应派出队伍。武陵山虽说离前线遥远，却也常常听说，日寇正大举侵略我国，攻城略地，残忍杀害同胞，丧尽天良。这无疑激起他们的愤恨，很愿为抗日尽力。

"你们若不能去，留在家里，要多留几条枪。"国军团长特别关照说，"在地方上搞了多年，难免不得罪一些人。虽然政府可以保护你们，但有几条枪作防身之用，还是好些。"

三十

回到二梭，瞿伯阶组编一个连，交胞弟瞿兴瑾带着。自己只留下长枪十条，短枪两把。王吉安是瞿伯阶的结拜兄弟，依照瞿伯阶的办法，也组编一个连，由儿子王家仁带着。

他们前往的目的地是沅陵，在那里向顾家齐的师部报到。沅陵系湘西门户，在酉水和沅水交汇处，是沅水上游的大口岸。此时正是涨水季节，他们包下两条大木船，顺流而下，两三日可到。

瞿伯阶、王吉安特意来到里耶酉水岸边，为胞弟、儿子及众家弟兄送行。瞿伯阶一再对胞弟和干儿子叮咛："到了前线，要听从长官指挥，英勇杀敌，切莫记挂家中。一定要为龙山争光，为毕兹卡争光。"

这些长年生活在高山丛林中的后生，从未见过大江大河，更没坐过木船。水上生活使他们倍感新奇有趣。木船飞速行驶，两岸景物不停地转换，一会儿是寨落，一会儿是山丘，一会儿是丛林。年长的"舵把子"稳稳地扳舵，让木船始终不偏离河中的航道。酉水滩多水急，下滩时，河水哗哗地溅上船来，浇湿他们一身，吓得他们哇哇叫喊。他们都是所谓的旱鸭子，全然不识水性，万一船翻了船沉了咋办？

年轻的"拦头"（水手）双手握着长竹竿，纹丝不动地站在船头，一路安慰他们："好生坐稳，不要怕，没有事的。"过滩以后，他放下长竹竿，双手合成喇叭，轻快地唱起船歌：

> 河神在上哟，
>
> 指引我们啰。
>
> 稳稳过滩哟，
>
> 心平水平啰。

"酉水，这条大河为什么叫酉水？"一个后生发问。

"一个酉字，左旁加三点水，是个什么字？""拦头"反问。

"酒字。"一个稍有文墨的后生回答。

"对了，它是酒河，一条淌酒的河，祖先们刚开发里耶时，大河里的确流的全是美酒佳酿。"

一个后生为好奇心驱使，掬起一捧河水，放进嘴里尝尝。

"是包谷烧，好大的劲火，哈哈。"他说。

船上一片笑声。

两天多水程，午后时分，"拦头"告诉大伙："沅陵的小西门码头快要到了。"

"听说沅陵是个花花世界，热闹得很。"瞿伯阶胞弟瞿兴瑾说，"我们在这儿好生玩两天，看看有什么稀奇古怪的玩意儿。"

"要得。"王家仁说，"听说这儿吃的穿的住的都跟我们大不相同。天一黑，也不点灯，满街亮堂堂，分不出日夜。"

"我想吃一碗这儿的包面（馄饨）。"

"我也想，不是一碗，是五大碗。"

木船在小西门码头靠岸起坡。瞿兴瑾一看，觉得不对了。码头上站满一排排荷枪实弹、身着黄军装的国军，个个脸色凝重，如临大敌一般。瞿兴瑾好生怪异，他问王家仁："他们是来迎接我们，还是来看押我们？"

"也许更糟。"王家仁说。

"大家注意，"一个国军上尉敞起大喉咙说，"上峰有令，人一个接一个上，枪支留下，不准带走。上岸以后，排成双行，跟我们走，到了地方，长官还要训话。"

"这不是缴我们的枪吗？"王家仁说。

"凶多吉少，凶多吉少。"瞿兴瑾说，又转脸问一个押着他们的少尉军官，"不是说先去顾家齐师长那儿报到，而后送我们去前线打日本鬼子吗？"

少尉军官不予理睬。

他们一个接一个上岸，又一个接一个放下枪支，赤手空拳排成双行，如鸭客赶鸭似的，被驱赶到城外一片荒郊地。

"立正！"那国军上尉站在土丘上，威严地喊着口令，"向右看齐 —— 向前看 —— 稍息 —— 现在开始点名。"

他拿出一个名册，翻开，依次叫着。

"瞿兴瑾。"

"到。"

"王家仁。"

"到。"

在点名过程中，王家仁发现，土丘旁边，拿油布掩盖了三挺轻机枪，亮闪闪的枪口从油布下露出来，正对准他们。没有错，点名结束，那国军上尉右手一挥，油布被揭开，三挺轻机枪就发出怒吼，"突突突"，喷出一串串死神奉献的火花。

三十一

数百里外的龙山二梭，瞿伯阶、王吉安正在为他们的兄弟和儿子祈福。

"他们该到沅陵了吧？"王吉安说。

"这几天涨大水，下水船飞快的。"瞿伯阶说，"早该到顾家齐师部报到了。"

"打日本是打大仗，他们这些土蛤蟆，从来没见过大场合。"

"放心，他们脚劲好，爬得跑得，个个不怕死，冲得起几炮。"

他俩向着北方，向着遥远的武落钟离山，点燃香烛，烧掉一堆钱纸，祈求毕兹卡的祖先，保佑他的后代子孙多打胜仗。

世事难料，就在这天晚上，一个连的国军突然出现，将瞿伯阶的屋子团团包围。上峰命令：擒拿或击毙瞿伯阶。上峰说了："活的死的都要。"

但瞿伯阶命不该绝。他平素有个习惯，为安全计，从不在家过夜。家里只有老婆和儿子，一个堂弟来他家有事，尚未离开。瞿伯阶在朋友家听到动静，同几个弟兄拿着枪支出来，朝着国军开火。但见国军众多，不可久拼，便和弟兄们乘夜色夺路逃脱，跑进山里。

国军没抓到瞿伯阶，气急败坏，一枪将他堂弟打死。将他老婆和儿子也抓了。

"押到县城关起来。"一个连长模样的说，"要老婆要儿子，让瞿伯阶拿自己来换。"

瞿伯阶连夜找到王吉安，商量决定，去四川酉阳老寨，到亲戚彭继才家暂避。彭继才系老寨乡长，有实力，讲义气，人很可靠。

没过几天，弟兄们陆续找来，告诉他俩：

"大嫂和侄儿被捉去，关进了龙山大牢。"

"派去沅陵的一百多人全被国军杀害。瞿兴瑾和王家仁当然也死了。"

"啊！"瞿伯阶仰天长叹，说，"他们诡计多端，设这么个圈套，让我们上当。他们太狠毒了。什么抗日，什么抗日人人有责，全是骗人的鬼话！"

"这笔血仇要报！"王吉安愤恨地说，"先头打红军，骗起我们帮着打，现在红军走了，就马上调转枪口对着我们，要把地方武装斩尽杀绝。"

"他们不让我们活，我们偏要活。大丈夫能屈能伸。留得青山在，不怕没柴烧。君子报仇，十年不晚。这是多大一笔血仇啊！"

瞿伯阶暗暗发誓，从此与国军势不两立，不共戴天。他要大干一场，成也罢，败也罢，他都要干，一干到底！

三十二

二梭一个大学生叫向道和的，辍学返乡，想活动当个乡长。他提着两瓶"武陵山大曲"酒，去拜县长周铣坤的码头，却碰了一鼻子灰。

"乡长的位置没有。"周铣坤冷起脸说，"酒嘛，我家里多得喝不完，这武陵山大曲提回去自己喝吧！"

向道和悻悻然跑到堂弟向道美那里，一边同堂弟喝酒，一边对周铣坤破口大骂。

向道美是县警察大队的副中队长，平日很看不惯周铣坤的做派，兄弟俩说得很是投合。偶然谈及瞿伯阶的遭遇，向道美深表同情。

"瞿大哥如果来打，"向道美说，"我愿给他打开城门，作为内应。"

向道和一听这话，正合心意，瞿伯阶如若打下龙山，既可报复周铣坤，也可为自己寻条出路。

"兄弟，"他问向道美，"你这话当真？"

"我什么时候对你兄弟说过软话？"向道美说，"听说瞿伯阶已经趴壕（隐藏蛰伏之意），你去寻访，如找到他，我们再合计商量。"

向道和回到二梭，为查访瞿伯阶的下落，颇费周折。人人都是一问三不知，甚至怀疑他做了国军的探子，对他处处提防。后来他想起一个叫熊安乐的，一直是紧随瞿伯阶的老部下。自己妹夫的姐夫是他的远房叔叔，有点"挂角亲"。他只好去找熊安乐试试。

"安乐，"他说，"你告我瞿伯阶这阵在哪里趴壕？"

这是瞿伯阶性命攸关的大事，熊安乐如何肯讲？

"我又不是神仙，"熊安乐说，"怎晓得他在哪里？不过，我给你出个主意。"

"那好，多谢你了。"

"现在国军、民团、警察都在找他，你去问问他们，看如何找到瞿伯阶，真找到了，还有一万块光洋的赏钱。"

"安乐你太误会我了。"向道和耐心解释，"我是要帮瞿大哥的。若找到他，我要告他一个绝好的主意，帮他打进龙山县城，救出他老婆儿子，还能将警察、团防一举缴械。"

"就凭你？"熊安乐哪里肯信。

"安乐你要相信我。你带我去找瞿大哥。只我一个人跟你去。见了瞿大哥，我当面跟他一说，你就明白我的意思了。如果我是妄言，甚至是个'卖客'（叛变者），你们可以重重处置我，砍了我的脑壳。"

熊安乐听他说得相当恳切，又只一个人跟着他去，玩不了什么花招，便答应下来。

二人紧赶慢赶，扎实走了一天，夜半后才拢四川酉阳老寨，见到瞿伯阶和王吉安。向道和转达了向道美的想法。两人一听，拍手称绝，这是打进龙山城救出老婆儿子的大好机会，千万不可坐失。

"道和、安乐兄弟，"瞿伯阶说，"你两人扎实走了一天，是很累的，明日在这儿休息一天，后日再走，我让瞿波平同你们一块回去。"

"好的，"瞿波平接话，"我明白大哥的意思。"

"办事要稳妥。"瞿伯阶对瞿波平嘱咐，"你亲自去和向道美见面，要坚定他的决心，听听他的具体设想，方方面面都要想到，特别要想到还有哪些困难，如出现意外情况，该怎么处置。宁可把将会遇到的麻烦多想一些。"

"大哥放心。"

"你还跟向道美说清楚，打进龙山城以后，缴获的枪支弹药，全部为向道美所有，我们不取分毫。他可以另编一支队伍，由其统率，我们不加干预。你告他这是我瞿伯阶亲口说的。"

第三天，瞿波平随向道和、熊安乐一同回龙山去了。又过两日，瞿波平从龙山回来，说他和向道美就攻城诸事都完全谈妥，攻城的时间均已确定。一出好戏即将拉开大幕。

三十三

老寨彭继才虽为乡长，但从不欺压百姓，拥有一支武装，只为保境安民，打击外来入侵的边棚土匪。他对瞿伯阶、王吉安的遭遇很是同情，听说他们要去攻打龙山县城，救出老婆儿子，表示愿意襄助，立即调拨二百多人枪，交付瞿伯阶、王吉安。加上纷纷来投瞿、王的旧部下，已有一支相当可观的队伍了。

老寨距龙山县城一百二十里。预约时间一到，瞿伯阶和王吉安即率队于黄昏时出发，连夜长途奔袭，拂晓前抵达龙山城下。有向道美做内应，南门洞开，队伍顺利入城。枪声一响，县警察大队一百多名警察，在突然出现的

奇兵面前，大部举枪缴械，小部仓皇逃离。

瞿伯阶言出必行，将俘获的人枪交给向道美，自己和王吉安直奔大牢，救出妻儿。并将在押的人犯全部释放，宣称愿意跟他干的欢迎留下，不愿留下的各自回家。

"阿爹，阿爹。"牢中蓦然有人呼喊。

王吉安定睛看时，见一衣衫褴褛、满身伤痕的后生，竟是他的儿子王家仁。

"儿呀，"王吉安喜出望外，扳着儿子的脸，看了又看，不敢相信这一奇迹，"你还活着？我听说国军把你们全都枪杀了。"

"一上码头，就缴了我们的枪，把我们押到城外一片荒地里，"王家仁痛不欲生地哭着，"可怜我那一百多个弟兄……"他说不下去了。

"你是怎么逃出来的？"

"算我命大，我躺在死人堆底下，躲过了机关枪。待他们收队，我才爬出来，拼命往龙山这一方跑。"

"你又怎么进了这个大牢？"

"我一直跑，跑，饿了爬进人家的灶屋偷饭吃，天黑了就搬个草把睡在人家屋檐下。一直跑到龙山马蹄寨，被那儿的乡警捉了，把我打得要死，后来就押到这大牢里来了。"

"活着回来就好。"瞿伯阶搂住他的干儿子说，"什么人有言，大难不死，必有后福。"

"多谢干爹吉言，"王家仁说，"可怜瞿兴瑾小叔，他还想吃一碗沅陵的包面呢。"

县长周铣坤被从大衣柜里拉出来，魂被吓得飞到九霄云外去了。

"你是龙山的县长？"瞿伯阶问。

"是，是，"他心惊肉跳地说，"请长官手下留情，饶我一条小命。"

"放心，我不会拿你怎么样，县长嘛，你还照样当着，可要当个好官，再不准残害百姓。再者，给你上峰发个电报，说我瞿伯阶剿匪有功，应该升任龙山县保安团团长。如何？"

"是，是，照办。"

"县长大人，你还认得我吗？"向道和挤上来挖苦说，"送你武陵山大曲你不要，还说你家的酒多得喝不完。现在好，我们来了这么多人，赶紧把酒搬出来，大家帮你喝。"

为防国军来攻，瞿伯阶将队伍的驻地妥善部署。他自己迁往城东十五里的太平山；王吉安父子移驻城北十里的石羔山；向道美、向道和分开驻扎城内。三方互成掎角。

分兵驻守没几天，队伍就发生内讧。向道美探知王吉安把缴获的好枪私自截留，没有给他，便愤愤不平，试图火拼王吉安。瞿伯阶居中调停未果。王吉安父子一气之下，把队伍拖出龙山城，回老家二梭明溪去了。

王吉安一走，实力大减，瞿伯阶对向道美、向道和说，现在他们兵力不足，国军包围过来，无法抵御。众人也觉出城才是上策，于是整个队伍返回崇山峻岭的二梭。

三十四

叫驴子彭春荣广招贤才，来投者甚多。其中不乏国军失意军官，红军长征后遗留的部属，社会上的闲杂人等。

向登南，曾在老统领部下任炮兵营营长，后任永绥县（今花垣县）常备大队大队长。县府以他通匪为由，将其革职。向登南索性投奔彭春荣。彭春荣量才录用，委任他为参谋长。

梁海卿，原为国军连长。日寇第三次进犯长沙，任敢死队队长，在金盆岭战斗中，他率队激战，歼敌三百余人，炸毁日军汽油库和军火库，被誉为抗日英雄。但他嗜赌，债台高筑，竟去抢劫银行。军部严令通缉。他便逃回永顺拖队，拥有三百条人枪，后率部归顺彭春荣，先后任大队长和支队长。

贺文慈，桑植县洪家关人，贺龙的堂弟。贺龙回乡，给他四支步枪，嘱他发展一支队伍。贺文慈人很精明，有胆有识，不到一年，他的队伍已有百余人枪。民国二十四年（一九三五年）秋，国军重点围剿红军，贺龙令贺文慈留守，牵制国军，掩护红军突围。贺文慈服从命令，完成掩护红军突围任务后，将队伍拉上四门岩，凭险据守。因红军长征北上，与贺龙完全失去联络，成为被红军遗留在湘西的一支孤旅。

民国二十六年（一九三七年）国共合作后，贺文慈担任桑植县游乐乡乡长。只过两年，人称"药葫芦"的岳德威任桑植县县长，刮起"反共风"，称贺文慈"先共后匪""明团暗匪"，省府批示"撤职查办"。

贺文慈携全家六口，在张家界天子山趴壕。然而便衣警察上山搜索，紧追不舍，迫使他只身逃往永顺石堤西，改名黄善臣，随姨父制香谋生。

叫驴子彭春荣听说贺文慈的经历，大为感慨，便亲自登门拜访，热切邀他入伙。贺文慈知道彭春荣部抗丁、抗粮、抗税、打富济贫，纪律较好，颇受百姓拥戴，便欣然应允。彭春荣先委任他为副官，后提升为支队长。

先后来投彭春荣的，还有永顺县常备大队中队长宋湘灵，国军排长、上尉附员潘邦典，国军连长、曾参加湘北抗战的潘月樵，从天津久大精盐公司回乡的黄泽基，达数十人。

三十五

叫驴子彭春荣眼见兵多了，将也多了，要在武陵山地站稳脚跟，获得百姓支持，必须严明纪律，不侵犯群众利益，最为要紧。

他确立宗旨：抗丁，抗粮，抗税，反对贪官污吏，打倒向百姓无端摊派的不良乡保甲长。

七条禁令：不准强奸妇女；不准强取鸡鸭；不准乱抓民夫；不准骑马坐轿；不准抢劫贫民和行商；不准无故烧杀；不准杀侦探和俘虏。这"七不准"一经宣布，便严加执行。

一次严重违反禁令的事件终于发生。队伍驻扎在湖北来凤燕子坪。午后，督察大队长彭传宗带人查哨，发现一个三十来岁的妇女，衣衫不整，坐在堂屋痛哭流涕。旁边几个女人耐心劝慰。

"我不活了……"她哭诉着，"我没脸活在世上了……让我去死吧！"

"想开点，"劝慰的妇女说，"你还年轻。不为自己着想，也要为娃儿着想啊！"

彭传宗觉得蹊跷，便进屋盘问，发生了什么事。一开始谁也不敢开口。

"不要怕，"彭传宗开导说，"什么事只管讲，若跟我们队伍有关，叫驴子司令官一定会给你们做主！"

"她、她……"旁边一个女人终于吐口，"被几个兄弟……欺侮了。"

"竟有这种事，我看他们不想活了！"彭传宗摸索着从口袋里找出一个单刀牌烟盒，在背面写了如下文字："彭司令，该妇女被几个弟兄强奸，前来告状。"交与一手下说："你带她立刻去找彭司令。我还要去查哨。"

彭春荣将烟盒拿在手里一看，气得火冒三丈，这还了得，刚刚颁布条例，这是七条禁令中最重的一条，他们竟敢违反，做出这等猪狗不如的事来。天理不容！我岂能容？

"集合部队！"他愤然下令。

号兵吹响集合号，队伍快速站成几排。

"督察大队！"

"在！"

"领她认人，把那几个狗东西抓出来！"

那女人眼尖，立即认出，是张飞清中队王先允小队里的五个弟兄。

"还有什么话讲，拉出去，枪毙！"

砰砰一阵枪声，结束了五个弟兄的性命。

"还有中队长张飞清、小队长王先允，"彭春荣怒气未消，命令，"你们平日管教不严，放松纪律，罪责难逃，也拉出去，枪毙！"

张飞清、王先允魂飞魄散，大呼冤枉。

众人纷纷为他俩说情，他们并未直接犯罪，如此处置不妥，是无辜受刑。

"不要多讲了，"彭春荣仍在气头上，厉声喝道，"我的命令你们听还是不听？"

众人沉默不语。

彭传宗怎敢抗命？只能将中队长张飞清、小队长王先允拉出队列。

"兄弟，对不住了，十八年后再会。"说完扣动扳机。两个正值盛年的后生，随着两声脆响，变成了屈死鬼。

一次处决七人，彭春荣还不消气，抓起一根扁担，递给彭传宗，令他将大队长彭秀樵重打五十大板。彭传宗很是为难，迟迟不忍下手。彭春荣一手夺过扁担，亲自朝彭秀樵打去。

这是彭春荣拖队以来，下令杀掉自己兄弟最多的一次。完事后，他抱头痛哭，悲伤至极，饭不吃，茶不饮，把自己禁闭在房中，谁叫都不开门。这样整整三天。

彭延才，绰号二锤子，既是彭春荣的堂弟，又是他老婆周纯莲的妹夫。二锤子作风素不检点，入伙时，周纯莲怕他出事，便好言相劝：

"到了队伍里，老毛病千万犯不得。若是坏了你姐夫的规矩，哪个讲情都是空的。"

二锤子偏不听劝，入伙才两个月就出事了，在鄂西堰垭强奸了一个十六岁的女孩。女孩的老爹跑来指挥部喊冤告状。

"杀!"彭春荣毫不犹豫,当即下令。

几个队长看在二锤子是他堂弟,又是连襟,纷纷出来讨保求饶。

"你把二锤子杀了,"周纯莲向丈夫磕头哀告,"我老妹要拖几个娃儿,如何得大?"

"我们把他的娃儿养起来嘛。"彭春荣说。硬是下令把二锤子枪毙了。

攻打黄市军械库,路过桃源芭茅溪,支队长粟明卿的舅父抓了百姓的几只鸡。

"老三,"彭春荣对粟明卿说,"我们的禁令在你那里行不通,怎么办?"

硬逼着粟明卿将其舅父正法。

三十六

"阿爹,这太绝情了吧?"

"什么绝情不绝情,这事你莫多嘴。"

"瞿伯阶是我干爹,兴瑾小叔一死,你就翻脸不认人了。"

"马无夜草不肥，人无横财不富。我这么做，是为你日后着想。"

"我不要这种不义之财。不是自己的，拿了会烂手，吃了会屙痢屙血。"

"屁话！这些钱财又不是他的，是从大户人家抢的，同样是不义之财。"

"我反正不得要。"

这是父亲向万炳和儿子向清海的一席对话。

在屋外阶沿上，向清海拿把破篾刀，将竹筒剖开，去掉竹黄，再把青皮破成一丝一丝的细篾。父亲向万炳坐在竹椅上，接过细篾，拿它编织一只快要成形的竹背篓。

引起父子俩相争的是一口楠木箱子。瞿、向两家素来过从甚密，向清海还认瞿伯阶为干爹。瞿伯阶觉得向家抵实牢靠，便令其弟瞿兴瑾，将一口装满贵重财物的楠木箱寄存在向家，需要时再来提取。听说瞿兴瑾已在沅陵被国军枪杀，死口无对，向万炳便动起心思，想谋取这笔财物，但遭到儿子向清海反对。

这天，向万炳闩紧房门，从床脚下拖出这口很沉的楠木箱子，砸掉铜锁，揭开箱盖一看，两眼放光，心跳如敲鼓。满箱的光洋、金银首饰和烟土，让他欢喜得不得了。

他在肚里敲起算盘，这么多财宝，拿去买田土，能买多少亩？拿去造有转角楼的大屋，能造多少栋？他曾做过多少回发财梦，还从来不曾梦见能凭空落下这许多财宝。从现在起，他向万炳大发了，是二梭乡一方的财主佬了。

瞿伯阶方面，人多了，要吃要喝，开支大了，便想起他曾叫瞿兴瑾寄存在向万炳家的那箱财物。

"波平，"他将已晋升为特务连连长的瞿波平叫到跟前叮嘱，"兴瑾在向万炳家放了一口楠木箱，你带人去取来，要动用那些钱财了。"

瞿波平遵嘱，带人去了向万炳家。

"万炳大哥，"他客客气气说，"瞿伯阶大哥派我来你这里取一样东西。"

"什么东西？"向万炳故意装痴，但内心却慌张得紧。

"一口楠木箱子。是瞿兴瑾存放在你这儿的。"

"天哪！"向万炳大声叫屈，"他什么时候把楠木箱子放我这里？根本没有的事。我跟你讲不清楚，你要瞿兴瑾自己来说。"

"万炳大哥，你明知道瞿兴瑾不会来了。有没有这口楠木箱子，你自己心里明白。"

"没有，我当天赌咒。"

"那是瞿伯阶大哥冤枉你啰？"

"也许他记错了。也许瞿兴瑾把楠木箱寄在另一个姓向的家里，二梭姓向的多，不是我一家，还有向万书、向万林、向万安……"

瞿波平回到驻地，将见到向万炳的情形一说，瞿伯阶摇摇头，哈哈大笑。

"被我猜中了。"他说，"我估着，听说瞿兴瑾死了，死口无对，他就会赖账，好独吞这箱钱财。贪心不足蛇吞象啊，但不是那么好吞的。过两天，你再去一趟，进屋搜一搜。"

向万炳方面，借着夜色，他把楠木箱藏进屋后一个很隐蔽的山洞里。第二天一早，他匆匆赶往召头寨，找到师公馆。

"师团长，"他向师兴周哭诉，"瞿伯阶要派人杀我，求你救我一命。"

"他为什么要杀你？"师兴周问。

"他说瞿兴瑾有一箱钱财寄在我家。这是天大的冤枉。我从没见过那一箱钱财。如今瞿兴瑾已死，死口无对，我如何说得清楚？"

"好啰，"师兴周答应，"到时候我派兵保护你，他杀不到你。"

但是，师兴周的兵还未到，瞿波平却带兵到了。

"向万炳，"瞿波平这回来者不善，提着手枪，气势汹汹地说，"你要放清白点，你若还撒赖，不把箱子交出来，我认得你，这把枪只怕不认得你。"

"我的天哪！"向万炳跪倒在地，哭丧着脸说，"我哪里有什么箱子？我如何交得出来？不信的话，你们进屋去搜查呀！"

"阿爹，"儿子向清海劝说，"你莫糊涂啊，钱财是身外之物，未必比命还要紧？"又转身哀求瞿波平，"小叔，我老爹一时糊涂，财迷心窍，你就饶了他吧。"还说，"我晓得那个箱子在哪里，我引你们去取。"

"龟儿子！划星子！背时砍脑壳的！"向万炳声嘶力竭，发疯一般，死死拖住儿子的右腿，不让他去。

随着一声枪响，他的手终于松开。

瞿伯阶听过瞿波平的叙说后，感叹道：

"看起是一个抵实牢靠的人，但在这么多钱财面前，自己这条命就变得一钱不值了。"

对瞿波平来说，灵魂深处的触动太大了。他头一次杀人，用他的手结束一条鲜活的生命。如是战场，你不杀他，他便要杀你。出于无奈，你必须先动手，杀死他。然而向万炳并不是战场上的敌手，他却将向万炳杀死了。在后来很长一段时间里，一想起来，他就心惊肉跳，寝食难安，暗中自语："罪过呀罪过，天王菩萨，原谅我这一回吧，以后我再不会随意动枪了。"

三十七

一阵哨音，特务连在晒谷坪里集合。

连长瞿波平显得格外精神，穿戴的是缴获来的军衣军帽，脚踏回力牌胶底鞋，腰上扎根皮带，插着把精致的手枪。

他站在队伍前头开始训话。

"弟兄们，"他说，"经瞿司令批准，我们特务连要拉出去走走。弟兄们穿戴要整齐，走路要打起精神，昂首阔步，威武雄壮。让乡亲父老看看，我们不是叫花子队伍，更不是边棚散匪。我们是有纪律的队伍，个个都是铁打的汉子，硬邦邦的角色！"

训完话，他绕着队伍巡视一遍，发现有的弟兄衣裤实在太破烂了。

"你看你，"他指着一个弟兄笑道，"屁股都露出大半边。别人看见，会觉得奇怪，这队伍怎么押着个叫花子？"

大家直望着那后生讪笑。

"我……"那后生难为情地说，"我只有这么一条裤子。"

"先借别个的穿两天，发饷了再买。"瞿波平走动几步，又指着一个弟兄说，"你，一件城里女人穿的花花衣，你也拿来穿在身上，别人一看会笑落牙齿。快换一件。"

瞿波平这次拉队伍出去走走，意在衣锦还乡。他要率全连人枪回老家住上两天，让以往那些瞧不起他的、欺侮他的人知道，他瞿波平已经是地方上一个角色了。

不消讲，他还要见见曾经的恋人田小翠。他甚至想会一会仗势欺人的保长向云卿，和他儿子向三木。

不出所料，回到家乡，人人笑脸相迎，说话低声下气，巴结奉承。

"波平大哥，长时间没见，好想你啊。"

"波平大哥，你出息啦，熬出头啦！"

"波平大哥，你是我们这儿的好角色。"

"波平大哥，你为家乡人争光啰。"

"波平大哥，往后要多多关照我们啊。"

家乡人给他送来腊肉、鸡鸭和大坛老酒，争先恐后在家里摆设酒席，请他上门赏光。

几个年轻力壮的后生，邀在一起，找瞿波平要求入伙当兵。

瞿波平回家看望父母。老头子依然是老样儿，坐在屋门口，抱着那根不离手的竹马鞭烟杆，吧嗒吧嗒吸着。

阿妈迎出来，久久望着这个衣着怪异的"陌生人"，终于认出是她的儿子。

"哦哦，"她冷言冷语说，"当抢犯的回来了。"说完转身去灶屋忙自己的活儿，嘴里还在自言自语，"唉，做什么不好，偏去当抢犯……"

听说田小翠已回娘家，这正好，可以去会会她，看看她自从嫁到向保长家，现在怎么样了。瞿波平依循旧例，来到她屋后的竹园里，掏出一支咚咚喹，凑在嘴边先吹一支"巴列冬"，接着又吹一支"那帕克"，等待那姑娘的出现。

但是他失望了，半天没有动静。他只好拿起咚咚喹再吹。到第三次吹响时，终于有了动静。然而大出意料，出来的不是姑娘田小翠，却是一条张牙舞爪的恶狗。那狗凶猛地直朝瞿波平狂吠，竟猝然窜进竹林里，试图撕咬这个来路不明的入侵者。瞿波平弯腰做捡石头状，意在吓唬它，可它毫不胆怯，吠得更加猖狂。瞿波平终被激怒，掏出手枪，"砰"的一声，将它击中，四脚动弹一下，死了。

"是哪个打死我家的狗？"听到枪响，田小翠终于出现，气呼呼冲上山来。

"是我，"瞿波平说，"一个你很熟悉的人。"

"你！为啥子要打死它？"

"因为，有人故意放它出来咬我，我不打死它，它就会咬死我。"

"我家的狗从来不咬好人，只咬强盗抢犯，尤其要咬抢犯头子！"

"是的，我是抢犯头子，你倒好，成了向保长家的新贵人！"

"跟你没有话说，快点将我家的狗赔来。"

还有什么可说的呢，昔日的情侣，今已恩断义绝，分属于两个对立的营垒。

瞿波平的队伍一来，保长向云卿和儿子向三木一直藏在屋内，闭门不出。

瞿波平集合队伍，故意在他家门外晒谷坪操练，跑步时齐声呐喊。练习打靶，靶场就设在这儿，从早到晚，枪声不绝于耳。

"你们看，"瞿波平指着向云卿那栋大瓦屋的一个屋角，故作惊讶地说，"那屋角上歇着一只怪鸟，谁能把它打下来。"

众兄弟看去，那屋角上什么也没有。

"连长眼花了，哪里有什么怪鸟？"

一个灵醒的家伙，琢磨出连长的意思，举起步枪，瞄准那屋角就是一枪。

众人醒悟，一齐举起步枪，砰砰砰砰，几家伙就将那个屋角掀掉。

瞿波平想，这算是给保长向云卿和他儿子的一次示威和警告。

队伍在家乡祠堂里住了两天。离去前，瞿波平回了一趟家。阿妈仍在喃喃自语："唉，做什么不好，偏去当抢犯……"瞿波平不理，去屋后园圃里，给正在生长的各种瓜菜泼上粪水，将缸里挑满水，将几个老树蔸子劈成碎柴。

三十八

瞿伯阶的队伍已有四五百人枪，人多枪多，要吃要喝，要添枪支弹药，军需费用日益增加，颇有捉襟见肘之感。

瞿伯阶紧皱眉头，命令部下加紧吊羊、提码子，对乡长保长派款派粮，大抽鸦片税，以保障军需供给。

"大哥，"瞿波平思虑着，倏然举起一个大拇指，说："这回捉码子，我想呀，要捉就捉个大码子。"

"那固然好，"瞿伯阶猛吞一口大烟，竖起身来问，"你心里有没有目标？"

"有了。"瞿波平也吞一口烟，说，"这和师兴周有关联，是他姐夫贾福五。"

"贾福五是个大财主，是那一方的土霸王。他有人有枪，要捉他的码子不易。"

"不是捉他，是捉他一个嫁到黄河坝的姐姐。这事若成，要他家拿几万块光洋、上万两鸦片来赎，经我摸底，他家是拿得出来的。"

"那就搞一票大的。"瞿伯阶拍板说，"就由你的特务连去搞。"

黄河坝属贾福五地盘，保甲长全听他指派。这天，瞿波平率全连人枪呼啸而至，将黄河坝所有富户洗劫一空，将贾福五的姐姐绑了。然后队伍撤至地势险要的火岩。码子关进飞虎洞内，派人严加看守。

贾福五姐姐一贯作威作福，颐指气使，没想到竟有人斗胆包天，敢将她捉来。她便在洞里又哭又闹，破口大骂。

任她怎么歇斯底里，没有人理她。

"一会儿就有保安团来救我，你们一个个不得好死。"她威胁说。过一阵，她又改变语气，讨好说，"几位小哥，你们把我放了。等会儿保安团打来，我担保你们的性命，还重谢你们，每人一百块光洋。"

龙山县保安团团长已由一个叫刘紫梁的暂代。师兴周凭着与他多年交情，请他派兵营救。刘紫梁调保安团并警察大队，速来攻打瞿伯阶。双方激战一天，不分胜负。次日，瞿伯阶将王吉安的队伍从明溪调来，前后夹击，打退保安团和警察大队，追出三里多路。

瞿伯阶料定，刘紫梁不得甘心，必定增调兵力再来讨伐。自己不能久留，必须将码子转移到八面山去。

果然如此，瞿伯阶的队伍转移后，保安团几百人就到了。但是火岩飞虎洞已人迹杳然，对瞿伯阶的去向又全然不知，保安团白白辛苦一场，只好打道回府。

瞿波平征询瞿伯阶同意，由瞿波平具名，修书一封，贾福五必须在十日之内，拿四万块光洋（或等值的鸦片），作为赎金，把人赎回。如延误赎期，则将码子割掉耳朵，断其手指。如再派兵来打，就只有撕票、杀掉码子一策。此信写好后，派一心腹给贾福五送去。

贾福五见信，心急如焚，六神无主。他只晓得骂娘，什么丑话、恶毒的话，都堆在瞿伯阶、瞿波平的脑壳上。

"你这么骂，他们听得见吗？老话说，十里骂知县，嘴巴快活。"师兴周说，"你找来，是要想出一个可行的办法，救出你姐姐。"

在二梭，多日不见的瞿列成上山来了。

"大叔，"瞿伯阶让座，敬茶，递上大烟枪，很客气地说，"如没猜错，又是师兴周派你来当说客的。"

"不是。"瞿列成接过烟枪，摇头说。

"哦，那就没有事了，你是挂牵侄儿，专程来看侄儿的。"

"贤侄，你莫跟大叔绕圈子。我受贾福五所托，求你把他姐姐放了。人嘛，总有起有落，大家留条后路，说不定日后还有同舟共济、相互帮衬的时候。"

"那是。不过，我说大叔，为这事你来找我，那是找错人了。这事与我全无干系，是瞿波平完全背着我搞的。波平的脾气你老不是不晓得，他要做的事，我是挡不住的。"

"他是你的下属，你下一道命令，他能不服从？"

"我们都是师兴周的下属，你让师兴周给瞿波平下道命令，要比我的命令硬扎得多。"

瞿列成当然明白，瞿伯阶完全是推托之词，这么说来说去，实在没有意思。

"贤侄，"瞿列成点出事情的要害，"波平狮子大开口，要四万块光洋（或等值鸦片）的赎金。这么大个数，人家哪里拿得出？"

"拿得出拿不出，我想波平心里有底，你跟我说没用。你应当去找波平商量。"

"波平在哪里？我如何找到他？"

"我也不清楚他在哪里。他准是押着码子藏在一个很秘密的地方。我派人慢慢帮你去找，看能不能找到他。"

后来的情形是，瞿波平和瞿列成几番讨价还价，瞿波平看在大叔情面上，做出最大让步，以一万块光洋、一千两鸦片成交。

按队伍定规，瞿波平得到五百块光洋赏金。他一块未留，全部分给特务连下属，还嘱咐那位露屁股的弟兄："拿去买条裤子吧。"

三十九

瞿伯阶势头越来越大，他的队伍飘忽不定，时而湖南，时而四川，时而湖北，流窜骚扰，各县保安团、警察局惧而避之，拿他无可奈何。再有，叫驴子彭春荣的队伍亦日渐壮大，与瞿伯阶相互呼应，连成一气，严重威胁当地政府，甚至震慑到最高"朝廷"。蒋委员长称湘西是中国的盲肠，是匪区，必须坚决剿除。特别任命傅仲芳为剿匪总司令，率朱鼎卿师、王严师进驻武陵山区，并由湘鄂川三省边区保安团队相配合，对瞿伯阶、彭春荣大力围剿。

一时，武陵山区满是荷枪实弹、着黄布军装的国军。

他们设卡盘查，入户搜捕，滥抓"可疑"百姓。监狱人满为患，严刑拷打声，痛苦嘶喊声，让人心悸的枪声，传至数里。多灾多难的武陵山，在血雨腥风中战栗。

瞿伯阶眼看国军来势汹汹，只能避其锋芒，亲率数百人遁入深山密林中东逃西窜，长达三个多月。最终疲惫不堪，饥肠辘辘，连山里的葛根都挖出来吃光了。瞿伯阶决定，把枪支埋藏在山里，弟兄们分散，回家趴壕。

他自己则带着几个亲信随从，去湖北鹤峰一个亲戚家中躲藏。

国军抓不到瞿伯阶，倒突然将召头寨的师公馆团团围住。这令师兴周大惑不解，他一心效忠党国，始终为国军效犬马之劳，在抗击红军时还立下大功，荣获过二等"国范"奖章。怎么自家人不认自家人呢？

"兄弟，"他对一个国军少校说，"你们误会了吧？"

"没有误会，"国军少校严肃地说，"上峰有令，对你师兴周的所有枪支，强令收缴。你本人也得随我们去省会，交由省府查办。"

"竟有这种事？"师兴周简直不能相信自己的耳朵了，"我是老统领正式任命的龙山县保安团团长。委任状还在呢。你们这样搞，老统领晓得吗？"

"什么老统领，他已被省府剥夺了兵权，请到省会坐冷板凳去了。你那个委任状，也是一张废纸了。"

师兴周长叹一声，心如死灰。随即被国军押走，在千里之外的临时省会耒阳，被投进监狱，长达四年之久。

四十

国军来后，保长向云卿和他的儿子向三木极其活跃，认为拿瞿波平开刀的时候到了。寨子里驻有一营国军，营长姓黄。向云卿父子忙前忙后，为国军安排住宿，征集床板和铺草；还把几个甲长找来，要求各家各户向国军敬献鸡鸭、腊肉乃至猪和羊。

"国军辛辛苦苦，为我们剿灭土匪，保住地方安宁，我们理应慰问犒劳。小户人家每户献出鸡鸭一只，腊肉一块；大户人家必须送上猪一头、羊一只。"

保长发令，甲长们不敢耽搁，分头回所辖村寨行动。最后，由保长向云卿领头，燃放鞭炮，将收罗来的猪羊鸡鸭腊肉送到国军营部。

黄营长笑嘻嘻出来迎接，向云卿立即上前，与其握手寒暄。

"黄营长，我是这儿的保长，欢迎你们来此剿匪。闲时请来舍下一叙，这儿匪情复杂，我当尽力为国军提供信息。"

"好，好，一定。"黄营长接受邀请。

次日，黄营长如约来到向云卿家，酒肉款待自不必说，还请他抽大烟，送他一大包上等烟膏。

"黄营长，"向云卿说，"我们寨里有个土匪大头子，你知道吗？"

"哪个？"黄营长急问。

"瞿波平，是匪首瞿伯阶的兄弟。"

"好家伙，我去把他抓来！"

"他不会等你去抓，早逃跑啰。"

"逃到哪里，你可知道？"

"我当然不知。不过，他父母在家，抓来一问，就会晓得。"

黄营长雷厉风行，当天就带兵把瞿波平的父母抓了，还抓了他一个瞎子伯父、一个十六岁的堂弟，只是无论如何拷打盘问，他们均说不出瞿波平现在何处。

"交出瞿波平，就放你们回去。"黄营长说，"如不把他交出，就是藏匿匪首，隐瞒不报，那要严加处置，一律枪决！"

后来真的将瞿波平的父母、伯父和堂弟枪杀。瞿氏一门，共被杀掉十六七人。

黄营长杀人杀红了眼，几天之后，在另一个山寨，他又一次大开杀戒。

"黄营长，你看，"一个连长报告，"好几十个土匪，正在那儿操练呢。"

哪里是什么土匪操练，连长在睁眼瞎说。事实是，胡爪寨的农事结束，男人们一时兴起，相邀来到调年坪上，跳起了"毛古斯"。毛古斯是毕兹卡男人的传统舞蹈，也是原始戏剧的雏形。舞者用稻草包裹全身，头戴稻草帽，身披稻草衣，胯部竖起一条大草把，是为男根的象征。合着锣鼓点子，他们边跳边唱。怎能说这是土匪在操练呢？

"包围过去！"黄营长下令。他才不管什么毛古斯，一口咬定是土匪在操练，说："将这些土匪全部解决，一个活口也不要留。"

步枪、轻机枪一齐发出怒吼，声震山谷。五十多个身披稻草衣的舞者，全部倒在血泊中，调年坪变成鲜血横流的屠宰场。

瞿波平得到父母等亲人被杀害的消息，盛怒之下就要带人去找向云卿父子复仇。

"我们现在人少力单，"瞿伯阶劝说，"先忍耐一下吧，报仇不在一时。"

瞿波平只好压住心中的悲伤与怒火。

国军这么闹腾了三个多月，上报说湘西土匪已完全肃清，奉命撤离。

国军一走，瞿伯阶又重新出山，聚集自己的原班人马，收编师兴周的余部。保靖县人称贾辣子的贾凤昌，拥有苗族兵丁三百多人枪，主动前来入伙。瞿伯阶派人前往永顺联络叫驴子彭春荣。彭春荣便委派胞兄彭杰青率四百多人马，来龙山与瞿部合股，听从瞿伯阶指挥。两千多人啸聚于八面山上，成立司令部，瞿伯阶自任司令，王吉安任副司令，贾辣子贾凤昌任总指挥。瞿波平晋升为大队长。

瞿波平报仇雪恨的机会到了。他率队回老家一趟，重新安葬父母、伯父和堂弟。他站在屋门口，望着空空洞洞的屋内，双泪纵横，泣不成声。几个随从见了此情此景，悲从心生，陪着他流泪。

"家破人亡啊！"瞿波平对自己说，"就算我当了土匪，罪有应得。可是他们犯了什么罪呢？他们是无辜的啊！"

他来到保长向云卿屋前，人去屋空，门上挂一把牛尾锁。

"国军一撤，他们一家人便消失了。"寨里人说。

"田小翠没回娘家，"又有人说，"跟着她的丈夫和公公走了。"

"我听人讲，他们一家好像躲进了一个山洞里。不晓得是哪里的山洞。"

"要得，"瞿波平说，"你躲，一辈子莫出来，死在山洞里就不用再埋了。"

既如此，还留着这栋有转角楼的大瓦屋做甚？瞿波平叫弟兄抱来一堆柴草，搁在大瓦屋门边，拿火镰石打燃，火势便起来了。不多久，大瓦屋就让烈火吞噬，毕毕剥剥的声音，瓦片掉落的声音，梁柱垮塌的声音，混成一片。

向保长的府第终成一堆灰烬。

四十一

在武陵山区，瞿伯阶、叫驴子是两个令人心惊肉跳的名字，婴儿啼哭，妈妈说："快别哭，听到你哭，瞿伯阶、叫驴子就来了！"哭声便戛然而止。

今日，这两个武陵山区赫赫有名的角色，终于在龙山洗车河小镇见面了。他们紧紧搂抱着，相互拍打着肩和背，你盯着我，我盯着你，亲人一般高兴地笑着。

"真没想到，你这个叫驴子还这么年轻，"瞿伯阶说，"还不到三十岁吧？"

"民国三年（一九一四年）出生的，"彭春荣说，"已经二十八了。"

"年轻有为啊，我老朽了，比你痴长十五岁，今年四十三，没得卵用了。"

"哪里，你是老大哥，我是小老弟。老大哥见多识广，手眼通天，都是小老弟要跟着学的。这是本情话。"

"不不，你在永顺那边搞得风生水起，我都听说了。我要跟你学几手。"

"老大哥，我实话跟你讲，我老叫没有别的本事，只是找到几个好帮手，他们处处帮我拿主意，用他们的话讲，叫出谋划策。"

"这我也听说了。我这里缺的就是帮手。有个黄埔六期的萧瑞禾，他跟我讲，要搞就搞大点，把旗子打出来，才能广为号召。"

"完全对。我这次把队伍带过来，就是要和你老大哥商量，打个什么旗子才好。"彭春荣胸有成竹，又略加思考后说，"打个'湘鄂川边区民众抗日游击指挥部'的旗子，怎么样？"

"要得！"瞿伯阶双手一拍，大声叫好。

"你是老大哥，"彭春荣说，"你当司令官是理所当然，快莫推让。"

"万万不可，"瞿伯阶说，"老弟你年富力强，你当司令官才不负众望。"

两人推搡半天，最后取了个折中，瞿伯阶任司令官，彭春荣任指挥官。下辖政治部主任、参谋长、参谋主任、军需主任诸多职衔。

叫驴子彭春荣这次亲率三千多人枪，从永顺石堤西出发，跋涉两百多里，来到龙山洗车河，同瞿伯阶两千多人枪合股。对他俩来说，是一次历史性的壮举。永顺、龙山、桑植三县的地方武装，自此初步形成统一的格局。湘鄂川边区民众抗日游击指挥部成为当时边区最强大的一支地方民军。

洗车河是个小镇，被挤压在两山之间，地域狭窄，只有一条沿河的长街。河上有一座较宽的木桥，是盖着瓦顶的风雨桥。蓦然来了五六千人，几乎要挤破这座小镇。一到夜里，各家各户住不下，便挤到风雨桥上来。

"老叫兄弟，"瞿伯阶向叫驴子彭春荣介绍，"洗车河别的好东西没有，只有一样与众不同。"

"什么东西？"彭春荣很好奇。

"豆腐。"

彭春荣笑了。

"你莫笑。吃到口里你就服了。这桥下大河水打的豆腐吃不得，要用小桥那边的小河水，打出的豆腐比十八岁姑娘还嫩还软和，远近闻名。凡到洗车河来的外路客，不吃鱼肉，只吃豆腐。"

晚餐时，彭春荣吃了豆腐，果然是从未尝过的美味，便大声叫绝。瞿伯阶唤来镇长，督促各家豆腐坊，加紧多打些豆腐，让永顺来的弟兄们都能尝到。瞿伯阶又派人去酉水河畔的龙头镇，从渔船上买来好几担鲜鱼，特意给客人加菜。

彭春荣队伍里有个"和义戏班"，在小学操场搭起台子，演了两夜古装戏和文明戏。

洗车河从未有过这般热闹。

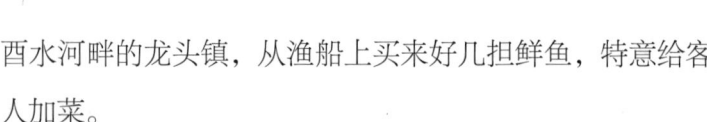

四十二

瞿、彭合股后刚离开洗车河，三个保安大队便尾随追来。率队的是湖南省第八区保安司令部副司令赵崇炬。此人身形矮小，然勇猛过人，原为永顺县保安大队大队长，因追剿叫驴子彭春荣"有功"，经八区专员仇硕夫向省府举荐，将他升任八区保安司令部副司令，下辖十一个大队。

此时瞿、彭所部士气正旺，纷纷要求与赵崇炬开战。瞿伯阶和彭春荣仔细琢磨，保安队多是湘东湘南一带外地人，对这里地形不熟，语言不通，这是他们的短板，但其所长是，武器精良，弹药充足，平日训练有素，且有一定的实战经验。

"依我看，"瞿伯阶说，"这一仗不可不打，但不能硬打，只能智取。"

"我意把战场摆到桑植县的大山里，"彭春荣说，"把赵崇炬引到那里去，寻找有利于我的战机，将其一举歼灭。"

"好家伙，同意指挥长意见。"

彭春荣立即下令，支队长黎世雍率其支队留在主力部队尾后，对追来的保安部队沿途阻击，只准退，不准进，把他们引诱到桑植县去。

瞿伯阶和彭春荣亲率主力，经龙山县贾坝、洛塔、水沙坪、茨岩、大安、乌鸦河等地，到达桑植县的猫子垭。

赵崇炬一路跟踪，一路调集龙山、桑植的警察和乡丁，共三千余众，紧追不舍。

黎世雍的支队在后阻击，但却一触即退。

"哈哈，"赵崇炬洋洋得意，说，"叫驴子的部队在洗车河吃多了豆腐，变成一支豆腐部队了。"

他亲率先遣部队一直追到猫子垭。

猫子垭，瞿伯阶、彭春荣精心挑选的战场就摆在这里。其地形四面是高山密林，中间一片开阔地，数十栋房舍形成一条小街。保安部队进入猫子垭小街，已经又饿又累，争先恐后见吃货就买，什么油炸粑粑、米豆腐、包谷醪糟，全让他们一抢而光。

而在这时，四面山头枪声大作，瞿、彭的队伍发起攻击。保安部队一边还击，一边撤退到开阔地中间的一座小山丘上。

赵崇炬依仗几挺重机枪，压制对方火力。

瞿伯阶、彭春荣命令部队往下冲，将小山丘上的保安部队先遣队团团包围。

彭春荣看出小山丘上草木繁茂，而天气晴好，正是干旱季节。他灵机一动，决定火攻，命令队伍四面放火烧山。火借风势，风助火威，小山丘瞬间变成一座火山。在烟熏火燎中，保安部队死伤过半。保安司令部副司令赵崇炬亦葬身火海。苟活下来的全部被俘。

此战告捷，缴获长短枪百余支，重机枪三挺。但自身伤亡不少，彭春荣的胞兄彭杰青战死，瞿伯阶的副手和结拜兄弟王吉安阵亡，王吉安儿子王家仁身负重伤，黎世雍左手中弹。轻伤者不计其数。

合股后打了胜仗，军威大振。政治部主任宋湘灵组织一些读过书的弟兄，沿途书写张贴标语口号，其内容有：

"我们是湘鄂川革命的武装队伍！"

"我们为被压迫的湘鄂川同胞奋斗！"

"同胞们，快来参加我们的队伍！"

"老百姓不要跑，我们的队伍不扰民！"

四十三

赵崇炬兵败身亡，省府苛责八区专员仇硕夫，对举荐赵崇炬不当，对追剿叫驴子彭春荣不力，撤销其八区专员职务。另将顾家齐师长从抗日前线调来永顺，接任八区专员，并兼任保安部队司令。

顾家齐走马上任，信心满满。

"叫驴子就是上天入地，我也要把他抓来。"顾家齐在就职演说时，大言不惭地说，"我已准备好两双草鞋，穿一双剿叫驴子；万一剿不了，穿另一双回家。"

此言一出，博得众官员热烈的掌声。

可巧，这叫驴子真的上天入地了。整个永顺地面上全无他的踪迹。有传言，叫驴子和他的队伍已分散趴壕。

顾家齐咬咬牙，撒出大把银钱，雇请许多探子，"钻山打洞"般四路侦探。

一天，一个诨名叫"猎狗"的探子终于嗅到叫驴子的气味，赶忙来向顾司令报告。

"叫驴子正集合队伍，"他说，"准备围攻官坝乡公所。官坝乡告急。"

"好得很，"顾家齐说，"他终于露头了，抓他的机会来了。你们等着，看我如何把他抓来。"

顾家齐毫不耽搁，即刻采取行动，亲率湘警、县警、保安部队、江防总队一千多人枪，马不停蹄赶往官坝乡。然而赶到官坝乡一看，这里没有任何动静。

"叫驴子的队伍来过了？"他问乡长。

"没有呀。"乡长被问得傻了眼。

"有报告说，叫驴子要攻打你们乡公所。"

"我们没有得到消息。"

顾家齐正在疑惑气恼，一匹快马驰来，驭手送来准确又紧急的消息：叫驴子已打进永顺县城。听到这个噩耗，一向心高气傲的湘西军界阁老，气得差点儿晕厥。

原来，彭春荣要打官坝乡公所是假，而打永顺县城是真。他用了调虎离山计。顾家齐中计上当，把一千多人枪带到官坝乡，永顺县城成为一座不设防的空城。

前夜，叫驴子彭春荣亲率五百人枪，轻装急行，连夜赶到永顺城郊。天明后，待顾家齐率队出城前往官坝乡，他便乘虚攻城。

城内守兵仅有一个四十人的分队，五十余名警察，分别守护城门和碉堡。县长曹恢先正带领公务人员在协操坪升旗。青天白日旗刚升到旗杆半腰，城东传来激烈的枪声。公务人员大惊失色，纷纷逃散。县长曹恢先一溜烟跑到大西街，敲开陈家大屋的门，躲进他家一堵秘密的夹墙里。

彭春荣的队伍顺利入城。桥头碉堡一班守军，除机枪手逃脱外，其他十余人全被击毙。队伍直奔银行，将现金洗劫一空。又放一把火，烧掉粮仓。上午十时，彭春荣率队撤离。

顾家齐回到县城，一病不起，两月后被省府解职，任期不到一年，便真的穿着那双草鞋回家去了。

四十四

叫驴子彭春荣头戴礼帽，身着长衫，手挂檀木自由棍（手杖），前往朗溪元宝垭，专程拜望上溶乡乡长覃鹤龄。

両个枪兵扛着装满鱼肉、烧酒和鸦片的抬盒，上边覆盖写有"福""寿"字样的红纸。

彭春荣与覃鹤龄从未谋面，素无往来，但听说此人曾在老统领手下当过屯务营长、独立团长，如今解职还乡，虽说只是个小小乡长，但手里仍有三十多人枪。

叫驴子前往拜见，是想同他互通声气，交个朋友，如有可能，便顺势邀他入伙，共襄义举，合谋与政府分庭抗礼之计。

来到覃鹤龄府第门前，遭遇几个卫兵阻拦，不让彭春荣诸人入内。

"你去通报一声，"彭春荣奉上名片一张，说，"我叫驴子特来拜见覃乡长。"

正躺在烟铺上吸鸦片的覃鹤龄，听了卫兵的报告，不屑地哼了一声，将那名片往地上一扔，还使劲踩上一脚。

"我是什么人，他是什么人，不见！我是县府任命的堂堂乡长，怎能接见一个臭名昭著的抢犯头子！"

卫兵得了覃乡长的指令，正往外走，又被覃鹤龄叫住。

"就说我今日身体不适，正在养息，恕不会客，请他们回去。"覃鹤龄说。

"他们还抬来满满一抬盒礼物，收不收？"卫兵问道。

"不收不收，让他们抬回去吧。"

彭春荣一番好意，覃鹤龄却不识抬举，不给一点情面，使他老大不快。交个朋友，邀他入伙的想法不消说了，后来，事情的发展，使他俩成为不共戴天的仇敌。

三个月后，覃鹤龄派兵抓了彭部的中队长田运槐、田运攀二人，将他们残酷拷打致死。

这把彭春荣激怒了。一天清晨，大雾朦胧，彭春荣率队开往元宝垭，把覃鹤龄的府第团团围住，一齐开枪攻击。覃鹤龄只有三十多人枪，哪里抵得住彭部的强大火力？只打一会儿，便纷纷缴枪投降，口喊"大哥饶命"。

进屋搜索，不见覃鹤龄的踪影。有人说，双方打起来时，他从后门悄然逃走了。

"后门的卡口是谁守的？"彭春荣问。

"是刘公樵守的。"有人说。

"刘公樵，"彭春荣厉声喝道，"出来！"

刘公樵走出来，脸色发青，全身发抖，伏跪在地上。他吓坏了。

"我问你，覃鹤龄从后门逃走，你看见了吗？"

"看、看、看见了。"刘公樵说。

"你为什么不开枪？"

"我、我、我……"

"这么说，你是故意放走他的？"

"是，是……"刘公樵没有搪塞，没有狡辩，老实承认是他故意放走的。

对刘公樵如此行为，大家伙无不义愤，同声喊："刘公樵该杀！"支队长粟明卿掏出手枪，打开保险，对着刘公樵就打。但旁边的彭春荣伸手一抬，枪响了，子弹打到屋顶上。刘公樵总算保住性命。

"莫性急，"彭春荣对粟明卿说，"我还有话要问。刘公樵，你收了覃鹤龄多少钱财？"

"没有。"刘公樵说。

"既没收他的钱财，为什么要放他？"

"前些年我老娘犯了心口病，差点死了。多亏覃鹤龄给了几服草药，救我老娘一命。我感念他的救命之恩，不忍心对他开枪。"

"原来是这样。"彭春荣似乎受了感动，语气平和地说，"难为你有这样的孝心。"

"指挥官，"刘公樵心悦诚服地说，"我错了，你枪毙我吧，我无怨无悔。"

"不了。"彭春荣转身对众人说,"你们看过《三国演义》吧,还记得关云长华容道上放走曹阿瞒的故事吗?刘备、诸葛亮可以原谅关老爷,我就不能原谅刘公樵?"

"对头,刘公樵情有可原。"有人说。

"他人也老实,说的都是真话。"

"只是,我们当头头的要接受教训啰,"彭春荣说,"日后再打覃鹤龄,重要的卡口,千万不能派刘公樵去守了。"

彭春荣一席话,惹得众人乐不可支。

四十五

"指挥官,"支队长粟明卿兴冲冲报告,"我们把覃鹤龄的女儿捉到了。"

"要捉就捉覃鹤龄,"彭春荣说,"捉他女儿做什么?"

"覃鹤龄据说跑到沅陵躲起来了,一下子捉不到手。他女儿嘛,年纪轻轻,长得有模有样。嫂子又不在队伍里,队伍里别的不缺,单单缺个压寨夫人。让她给指挥官做压寨夫人可好?"粟明卿笑嘻嘻地说。

"要得。"彭春荣很是高兴，急忙说，"把她带来让我看看，能不能做压寨夫人？"

覃鹤龄的女儿叫覃志美，十七八岁年纪，高高的个儿，红润粉白的瓜子脸，一条又长又大的辫子盘在脑后，挺着一对发育极好的奶子。

"很好很好，"彭春荣一见就喜欢了，"覃志美，我问你，愿不愿做我的压寨夫人？"

覃志美紧闭双唇，一副矜持的模样。

"我知道，她心里是不愿意的。"彭春荣说，"我是她老爹的对头，也是她的对头，她只怕把我恨得牙齿都痒了。覃志美，我没有说错吧？"

覃志美横起眼睛，直瞪着彭春荣。

"不管你怎么想，"彭春荣说，"不管你愿意不愿意，你都在我的手里了，你就是我的压寨夫人了。"又说，"当然，现在只能是名义上的压寨夫人，什么时候成为真正的压寨夫人，要看我们有没有这个缘分了。"

至此，覃志美便在队伍里住下来。彭春荣给她安顿一间转角楼上的单房，配备两个勤务兵，生活方面给予无微不至的照料。这两个勤务兵年纪很小，一脸童稚气，乳臭还未干呢。

"小兄弟，"她问，"你叫什么名字？"

"我叫张小牛，"高个儿勤务兵说，又指指矮个儿勤务兵，"他叫李大虎。"

"有意思，"覃志美笑了，说，"大虎吃小牛。"又问，"李大虎，你是不是常常欺侮张小牛？"

"才不呢，"李大虎说，"他比我个头高，力气也比我大，只有他欺侮我的。"

"你们多大啦？"覃志美问。

"我俩是同年老庚，"张小牛说，"今年十五岁，吃十六岁的饭了。"

"还这么小，就出来背枪？"

"出来找口饭吃。要不出来，多时都饿死了。我娘我小妹，就因为没得饭吃，活活饿死的。大虎一家三口，也是饿死的。"

"唉！"覃志美听了，深深叹息。她生活在一个衣食无忧的家庭，从未想过还有人因为没有饭吃，活活饿死的事。她便问："队伍里的人，都是因为没有饭吃，才来背枪的？"

"是呀是呀，"张小牛说，"不是为了这一口饭，哪个愿意担抢犯、土匪的骂名？还常常被政府军、保安团追剿！活了今天，不晓得有没有明天！"

"你们的指挥官是个什么样的人？"

"他呀，"张小牛竖起两个大拇指，"我不吹牛，他是武陵山区数第一的好角色，呱呱叫的硬汉子！"

"听说他心狠手毒，一发火就要杀人。"

"才不呢，他只杀该杀的人！就是说，他只杀坏人，从来不杀好人！"

"他为什么有个'叫驴子'的诨名？"

"这个，我不晓得。大虎，你晓得吗？"

"我也搞不清。"李大虎接话说，"照我想，他发脾气的时候，喊声好大，就像一头驴子叫。大家就说他是叫驴子。"

"你见过他这头驴子叫吗？"

"见过，还不止一两次。"

"为的什么事情？"

"有人强奸了寨子里的妇女，有人偷了抢了老百姓的鸡鸭，反正做了违反纪律的事，他就大发雷霆，变成一头叫驴子了。"

从早到晚，除了和小牛、大虎讲讲白话，覃志美没有别的事。彭春荣常常来看望她，嘘寒问暖，说些能逗她开心的笑话。又叫裁缝为她添置一年四季的衣装，叫银匠给她打造耳环、项圈、手镯、脚镯等饰物。她闲得无聊，想学打枪，彭春荣便耐心地教她打枪；队伍里有骡子有马，她要学骑马，彭春荣又带着她学骑马。头回，彭春荣将她扶上马，让她坐在后边，她紧紧搂着彭春荣的腰，纵马驰骋；第二回，彭春荣让她踩着马镫，自己上马，且坐在前边，手执马缰，彭春荣则坐在后边，教她如何用马缰控制马的行进和奔跑。这样反复练习几回，她说自己可以驾驭这匹马了。

"那好，"彭春荣说，"我不带你，你单独骑一回吧！"

她灵巧地跨上马鞍，手执马缰。彭春荣往马屁股上猛拍一掌，那黑马便飞奔起来。谁知那黑马欺生，不听覃志美的使唤，跑出没多远，便将她从马背上甩落下来。

彭春荣吓出一身冷汗，几个箭步跑上前去，将她搂在怀里，问她跌伤了什么地方。

"哎哟哎哟，"覃志美苦不堪言，"一身都痛，也不知道跌伤了哪里。"

彭春荣将她抱回转角楼，仔细查验，仅是左腿和左手肌肉拉伤，腰部扭伤，并没伤筋动骨，这才放下心来。接下来覃志美养伤的这些天，彭春荣一直守在床边，亲自为她敷药，为她熬猪骨汤补体，好言好语宽她的心。

覃志美伤愈后，见了马就胆怯，再也不说要学骑马了。

"你这想法不对，"彭春荣说，"一两岁的小娃娃，不知要跌多少跤，最终才学会走路。你才跌了一跤，就不敢骑马了？走，我们继续学骑马，一定能制服它，驾驭它。"

由于彭春荣的鼓励和帮助，覃志美终于成为驾轻就熟的驭手。她对彭春荣的反感渐渐消解，觉得他是一个如张小牛所说的"好角色"，也是她覃志美可以亲近和依托的人了。

"张小牛，"有人喊，"过来。"

张小牛一看，队伍里一伙人朝他招手。

"什么事？"张小牛迎着这伙人走去。

"问你个事，"那人挤眉弄眼地说，"指挥官和他的压寨夫人怎么样了？"

"什么怎么样？"

"就是，这个……"那人做个神秘的手势。

"没有，真的没有。"

"不可能，孤男寡女，犹如干柴烈火，一碰不就烧起来了吗？"

四十六

上回国军傅仲芳部来剿时，瞿伯阶令队伍打散，回家趴壕，躲过一劫。可四川酉阳地方武装头目张绍卿，却没这般幸运，在李延年部强大军事和政治攻势下，其部上千人纷纷瓦解溃散，张绍卿亦为部下所杀。只有部属杨树成率十余人突围出来，东躲西藏，在川湘边界流窜，然又遭各地保安团堵截。

杨树成悲叹："唉，脱了毛的凤凰不如鸡啊！"

最后他们在亮垭被保安团包围。双方对打半天，保安团的人越来越多，杨树成等终因寡不敌众，两个弟兄被打死，他和几个弟兄受了伤，被捕后关进龙潭乡政府一间囚室。只等国军来人，便将其押至酉阳县城枪决，枭首示众。

但他命不该绝。天将黑时，忽而枪声大作，呐喊震天。安静下来后，保安团的人一个都不见了。囚室门被砸开，围拢来的人全是讲龙山话的生面孔。

"你是杨树成大哥吧？"龙山人问。

"我是杨树成，你是……"

"我们是瞿伯阶司令的人。我叫瞿波平，是个支队长。瞿司令听说你已突围出来，派我们来酉阳找你。找了七八天，今天才打听到你被保安团关在这里，总算把你找到了。"

"多谢你，兄弟，"杨树成感激涕零，说，"多谢瞿伯阶大哥。你们若不来，我和这十几个弟兄就被砍脑壳了。你们是观世音下凡，是我们的救命菩萨啊。"

"树成大哥，"瞿波平说，"瞿司令请你和你的弟兄们，去我们那儿入伙。"

"要得，"杨树成答应，"我们的命是瞿司令给的，一定要为瞿司令拼命效力，只是，"他指指受了枪伤的右腿，"这么远的路，如何走得动？"

"扎滑竿（担架），"瞿波平对他的弟兄们下令，"走不动的一律抬起走，轻伤的扶起走。"

弟兄们立即动手，砍竹子的砍竹子，找麻索的找麻索，七手八脚，扎出四五副很扎实的滑竿。

两天后，到得龙山二梭驻地，瞿伯阶亲自出门迎接，将杨树成从滑竿上扶起，一直扶着他进了堂屋。瞿伯阶下令，杀猪宰羊，搬出大坛包谷烧，设席招待四川来的客人。席上，瞿伯阶和杨树成相谈甚欢，一见如故。杨树成久闻瞿伯阶大名，今日有幸得见，确是非常之人，大气，豪爽，重情谊，不苟言笑，是绿林中少有的奇人。

席散，瞿伯阶召集支队长、大队长开会，特邀杨树成十几个四川弟兄参加。

"各位弟兄，"瞿伯阶借着酒兴，敞开喉咙说，"今天是个好日子。你们说，瞿波平今天拿滑竿给我们抬来一个什么人？"

众人均不明白瞿伯阶的意思，等着他往下说。

"我告诉你们，抬来的是一位贵人。我的结义兄弟王吉安在猫子垭殁了，队伍里缺了一个副司令。我现在任命，杨树成兄弟担任我们队伍的副司令，补上王吉安兄弟留下的缺。"

瞿伯阶语惊四座，众人大感意外，一片错愕，一片哗然。

"不行不行，"杨树成大惊，吓出一身冷汗，忙抢着说，"我哪能担此重任？再说，我刚入伙，寸功未立，就当副司令，弟兄们会怎么想？"

"是这个理。"支队长们同声附和。

"瞿司令，"杨树成恳切地说，"我这条命是你给的，让我为你鞍前马后，当个勤务兵吧。"

"我让杨树成兄弟当副司令，你们莫不服气。"瞿伯阶对支队长和大队长们说，"莫看他现在虎落平阳，只剩下十几个弟兄。你们想想，张绍卿一垮，散在地方上有多少人枪。只等国军撤走，树成兄弟回去登高一呼，就会聚拢几百上千人枪，又是一支队伍。再说，我们正缺少四川一带地盘，有了树成兄弟，不仅增加了实力，而且有了川东这块地盘，回旋的范围就大多了。"

"是这个理，"众伙计说，"还是瞿司令想得深，看得远。这么一讲，我们心服了，拥护树成兄弟当我们的副司令。"

杨树成在二梭养好伤，腿脚方便了。听说李延年的国军已从酉阳撤走，他打算重返酉阳。瞿伯阶拨出两百人枪，让他带去，回川东召集旧部。瞿伯阶在酉阳、秀山、黔江活动数月，成效斐然，竟发展到两千多人。

瞿伯阶和叫驴子彭春荣，率两千多人，浩浩荡荡，前来酉阳与杨树成会师。三人商议，如今人多枪多，实力雄厚，决定对纠缠不休的各地保安团狠狠打击。他们一打四川酉阳大溪，二打湖南龙山大达，三打湖南永顺塔卧，四打湖北来凤，全歼和击溃多个保安团。接连四个胜仗，打出了威风，湘鄂川三省边区保安部队从此一蹶不振。

瞿伯阶积二十年拖队之经验，预感到保安团吃了大亏，政府又会派国军前来围剿。他和彭春荣、杨树成磋商，为避免被集中围剿，决定各回原地，做好应对国军再次围剿的准备。

四十七

"波平兄弟，这些天，保长向云卿和他儿子向三木从山洞里钻出来了，四路派款派粮，催缴鸦片税。"

从酉阳回到二梭，就有人告诉瞿波平。

"好得很，我可以会一会他们了。"瞿波平说。他叫人探得准信，这天一早，向云卿父子带着七八个保丁，正在贾田溪活动。

瞿波平集合一个排，赶往贾田溪。

向云卿父子，站在一户农家门口，逼问这家主人为何不缴一年两季的鸦片税。

"去年秋季只种了一点儿，"这家主人说，"今年春季一点儿都没种，哪里有钱缴税？"

"那就按上头定的规矩，要抽你的'懒税'。"

正说着，向云卿发现瞿波平领着队伍过来，便顾不上抽"懒税"的事了。

"抢犯来了，"他对儿子和保丁下令，"快开枪打！"

仇人相见，分外眼红。双方开枪，对打一阵，一个保丁被打死。其他保丁见瞿波平人多枪多，子弹如雨点飞蝗一般密集射来，吓得他们露不得头。

"瞿大哥，"保丁们喊，"莫打了，我们投降！"

几个保丁跪地求饶，把枪横举头顶。

"妈拉个逼，一帮杂种，我白养你们了！"向云卿骂骂咧咧，拉着儿子躲进牛栏屋。

瞿波平的弟兄们围起拢来，缴了保丁的枪。

"狗卵日的向云卿，"瞿波平朝牛栏屋喊，"带着你的狗儿子出来！"

没有回应。

几个弟兄冲进牛栏屋，将向云卿父子从牛粪堆上提起，押了出来。

"向云卿，"瞿波平握着手枪，怒不可遏地说，"你钻进山洞里有什么用，你应当跟起那个姓黄的狗营长跑，好啰，我现在就送你去见他。你还有什么话说？"

"今日落到你瞿波平手里，我无话可说。"向云卿梗起脖颈，装出一副虎死不倒威的样子，说，"你当抢犯，跟政府作对，不会有好结果，你会死得比我更惨。请你记住我今天这个话，到时候要兑现的。"

"很好，我记住你的话了，可惜那时候你是看不到了。"

瞿波平稍有犹豫，然而想起父母的惨死，把心一横默念道："天王菩萨，让我报此血仇吧！"便将右手一扬，砰，对着向云卿就是一枪。

向云卿扑倒于地，鲜血从嘴里喷出。

"三木，我儿，"向云卿还不曾死，他用最后一口气说，"莫要怕，硬扎点，十八年后又是一条好汉。"

瞿波平给他补了一枪，他脑壳一歪，咽气了。

现在轮到惩治向三木了。蓦地跑来一个女人，正是瞿波平曾经的恋人、向三木现在的妻子田小翠。她紧紧地将向三木抱住。

"瞿波平，"她嘶哑着喉咙喊道，"你不要杀他，你不能杀他，我求你，求你……"

"田小翠，你变了，"瞿波平说，"这么快，你就变得我不认识了。"

"不，是你变了。什么事你都可以做，你偏去当杀人放火的抢犯！"

"你呢，什么人都可以嫁，你偏嫁给这么个狗杂种！"

"你没听说，嫁鸡随鸡，嫁狗随狗，嫁了他，我就是他的人，我肚里已有他的种了。"

"拉开她！"瞿波平下令。

两个弟兄遵命，将田小翠从向三木身边拉开。她拼命搂着向三木不放，挣扎着，哭喊着，哀求着。她快疯了。

"你已经杀了他爹，为什么还要杀他？瞿波平，要杀他你先杀我，我不活了，跟我丈夫一起去死！"

田小翠终被拉开。瞿波平乘势给了向三木两枪。向三木当场毙命。

田小翠惨叫一声，扑在已断气的向三木身上，放声痛哭。

"瞿波平，你个天杀的！"她边哭边咒，"你喝水会被水呛死，走路会滚岩坎死……"

但是一切都结束了。

四十八

叫驴子彭春荣率队来到湖北鹤峰的堰垭。

他在房里踱步，有些焦躁不安，是在等一个什么人。快近中午，那人姗姗而来。经介绍，他就是鹤峰县保安团的排长李少云。

"彭司令，"李少云略显愧色，说，"害你久等。那狗连长一直缠住我不放，故来迟了。"

"来了就好。"彭春荣让李少云落座，说，"找你来是要商量攻打鹤峰县城的事。保安团布防情况怎样？你和你的兄弟如何做内应？攻城时间定在哪一天？"

经商定，十月十日这天，县城庆祝"双十节"，人多且杂，是攻城的最佳时机。

商谈至晚，分手时，李少云将一支冲锋枪作见面礼赠送彭春荣。彭春荣则将挎在腰上的一支快慢机，随手取下，送给李少云，作为回赠。

十月七日，彭春荣派大队长蔡大么率二十多人，混进鹤峰县城探水。

十月十日"双十节"这天，彭春荣派特务大队长刘云卿率四百多人，以进城看文明戏为幌子，从大河过渡，混进县城。

十月十一日拂晓，彭春荣亲率主力队伍，向鹤峰县城发起总攻。因有内应，队伍顺利打进县城。这次攻打鹤峰县城的目的，是解决队伍的军饷，目标当是银行。银行只有四个警卫，不做任何抵抗。彭春荣令人砸开所有保险柜，将大量现钞全部搬出，用银行的四匹骡子驮走。队伍的军饷因而有了着落。

鹤峰县税务局局长姓艾，身形高大，模样颇似县长蔡温。蔡温是个贪官，且是恶人，一直遭人切齿痛恨。几个弟兄却将税务局艾局长抓来，误认他是县长蔡温。

"我不是县长，"艾局长一再辩白，"我不是蔡温，你们搞错了。"

"你还不老实，"弟兄们不容争辩，"把这个人人痛恨的狗县长毙了！"

一声枪响，税务局局长便做了替死鬼。

攻城这天，队伍从走马坪路过，沿途一些百姓觉得可以浑水摸鱼，便背起背篓，跟着进城发财。县城许多商铺遭抢。有的抢到布匹，有的抢到盐巴，还有的抢到光洋和铜元。鹤峰城遭此一场浩劫。

作为内应的李少云加入彭春荣的队伍，拖来两百多人枪，当上大队长。

四十九

不出瞿伯阶所料，酉阳会师后一个来月，国军便大军压境，开进武陵山区。国军一共三个师，代号是"万安""万全""万胜"，被瞿伯阶戏称为"三碗（万）部队"。

"三碗部队"来势汹汹，但瞿伯阶胸有良策。他立即召集支队长、大队长开会商议。

"他有他的打法，我有我的打法。"他说，"对着打，硬碰硬，我们不是对手。但他有万军，我有万山。我们将队伍散开，利用高山丛林的地利，进行游击。如在白天，他们少数人出来，我们就打他的埋伏，全歼若做不到，就打头截尾。夜晚，他们回营房休息了，我们就去骚扰偷袭。他们若集中进攻，我们赶快跑掉，躲进山里。总之，他来我走，他走我来，跟他们玩猫捉老鼠的把戏。看他能奈我何？"

这一招果然奏效，为时三个多月，"三碗部队"的进剿全无进展。瞿伯阶的队伍几乎成了来无影去无踪的神兵。乘其不备，这伙神兵就现原形，狠狠地敲打他一下。待他调来大部队，神兵又消失得全无踪迹。

"三碗部队"无计可施，只好借用在苏区围剿红军的策略，移村并寨，大修碉楼，压缩瞿部的活动空间，再派重兵搜捕围剿。他们移村并寨，驱赶百姓离开自己的祖屋，将一个个村寨放火焚烧，稍遇抗争就诬良为匪，滥施刑罚，枪杀无辜，搅得天怒人怨。百姓无家可归，索性上山入伙，去参加瞿伯阶的队伍，土匪反而越剿越多。

这时，各地士绅名流，纷纷上告"三碗部队"扰民害民。政府无奈，只得将这三个师的部队调离龙山。行前，许多军官士兵去找当地百姓，用枪支弹药换取鸦片，名为剿匪，实为资匪。

"三碗部队"一走，瞿伯阶就公开露面。此时他的部队竟增至一万九千多人，一万两千多条枪。这是瞿伯阶的全盛时期，也是国军多次剿匪结出的硕果。

但是好景不长，蒋委员长忍无可忍，发出电令，务必对湘西土匪"加紧剿办，迅速歼灭"。朱鼎卿的八十六军奉命进入湘西。朱鼎卿原为傅仲芳部一个师长，曾随傅仲芳来湘西，因剿匪不力，铩羽而归。现在他升格为八十六军军长，再次重返湘西剿匪。

八十六军代号为"竹山"。这竹山部队颇耐人寻味，开进龙山一个团，待了两个多月，一直龟缩在县城里，竟然毫无动静。瞿伯阶令部下做试探性出击，对其小敲小打。他们不但不反击，反而把城外的驻军都调进县城里去了。双方竟相安无事。

让人琢磨不透，究竟怎么回事？

五十

原来这是八十六军的剿匪方略，先集中重兵在永顺将叫驴子彭春荣打垮，然后再集中兵力去龙山收拾瞿伯阶。

这一招确实厉害，且很高明。他们是吸取以往剿匪不力的教训，变出来的法儿。

朱鼎卿不惜重金，收买许多当地无业游民做探子，到处打探叫驴子彭春荣的踪迹。这与当年八区专员、保安司令顾家齐的手段如出一辙。这天，一个探子来报，彭春荣正在贺虎溪捞鱼。朱鼎卿立即派出两个团的兵力，火速赶往贺虎溪。

这贺虎溪山高林密，沟壑纵横，地势极为险要。叫驴子彭春荣对这里十分熟悉。他把队伍分成三层，层层设防。国军赶到，刚一开打便伤亡数十人。

第二天，国军按兵不动，整日用迫击炮轰击彭部阵地，炸死炸伤一百多人。彭春荣看形势对己不利，便令队伍撤退，连夜赶往七溪、野猫塔一带。

七溪是彭春荣的老窝。彭部大小头目和几百弟兄家都在此。因而他的队伍常在这里休整、养息，同这里的群众颇有鱼水之情。七溪距县城一百三十里，素来是官府鞭长莫及，管不到的"死角"。

彭春荣率部到七溪后，打算在这里休整。指挥部正开会部署下一步攻防。哨兵忽来报告，在铺子岗发现国军，正朝七溪扑来。彭春荣立即率部离开七溪，退至尖峰山的溶田湾。他将八个支队一字线拉开，依次占领各个山头。

国军赶到，枪声，炮声，呐喊声，惊天动地。经三天三夜血战，双方各死伤一千余人。彭春荣率部撤离。

国军有探子做向导，迅疾占领七溪，将七溪、卓福、溶田湾、科洞、野猫塔一带划为匪窝。以"匪"和"通匪"罪名，对百姓残酷吊打枪杀，幸存者乘夜逃散。国军撤离时，把猪牛羊鸡鸭和所有财物劫掠一空，然后将"匪窝"五个村寨数百栋民房纵火烧毁。

从此，这儿成为一片废墟的无人区。

三日后，彭春荣率部抵达湖南石门与湖北鹤峰交界的南北墩，遭遇国军一个团的兵力阻击。彭春荣下令，抢夺国军占领的山头。弟兄们奋勇冲锋，终把国军逼退到一座小山包上。彭春荣令彭传宗带三个分队做前锋，彭秀樵带一大队后援，刘明四带一中队尾随助战。冲锋号响了，兵分三路，右翼和左翼先上，彭传宗从正面猛冲上去，占领了国军阵地。彭秀樵立即堵截国军退路。国军从小山包上被逼到一丘烂泥田里，寸步难移，只得举枪投降。

此战全歼国军一个团，缴获长短枪四百余支，迫击炮两门，马克沁重机枪两挺，轻机枪十二挺。

五十一

南北墩大捷，彭春荣甚是得意，率部折返大庸（今张家界），拟向慈利游击。但在大庸受到国军阻击，便改道走永顺、沅陵、大庸交界的高山野岭，准备翻越乌龙山，进入永顺县境。

这天，彭春荣率部来到乌龙山下叫木溪。

在指挥部会议上，潘月樵、宋湘灵、潘邦典几个主要头目，一致主张不上乌龙山，绕道避开国军阻击，以保存实力。

但彭春荣对自己实力估计过高，南北墩大捷意犹未尽，想利用乌龙山的险要山势，再打一场胜仗，吃掉阻击的国军。因而对潘邦典等人的正确意见给予否决。

众人又提出，如果一定要上乌龙山，最佳路线是从大明溪上，那边路宽且较为平缓，不至于让弟兄们消耗太多的体力。彭春荣仍然固执己见，坚持从叫木溪正面上山。

他令彭芹生带一小队，每人一长一短两支枪，轻装先行，抢占乌龙山山顶。

彭芹生去后，留下的队伍饥肠辘辘。

"司令，我们饿得不行了。"弟兄们说，"两脚无力，只怕爬不上去。"

"那就杀一匹骡子，充充饥。"

待杀了骡子，架锅煮熟，吃罢骡子肉，耽搁许多时间，已是小半夜了。

队伍出发，山路陡滑难行，骡子不走，就把二十多匹骡子丢下不管了。

重机枪笨重，要拆散来扛，也丢掉两挺。

天黑，人多，爬坡速度很慢，时不时有人滑倒，被磕破皮肉。

受命前去抢占山头的彭芹生，带着三十多个弟兄，天黑前已抵乌龙山主峰高地。但见山头荒草萋萋，朔风凛冽，空无一人。他们衣衫单薄，冻得难受，只好缩起脖子搓手。

"我看国军一时不得上来，"彭芹生说，"半山有座乌龙庵，我们去那里烧蓬火烤烤，等会儿再上来不迟。"

于是他们回到半山，进乌龙庵烤火。待他们烤完一蓬火，再回头上山时，山顶已被国军抢占。主峰高地就这样让他们丢失了。

彭春荣率队爬上乌龙山，天已大亮。他很吃惊，主峰和邻近几个高地，已完全被国军控制，国军兵力和部署都处于绝对优势。他意识到，这一仗是相当难打了。

彭春荣的队伍从三个方向攻击，均遭国军的强大火力遏阻。贺文慈、吴应侯两个支队共两千多人，被国军一个团和当地保安队阻击，困在四斗坪半坡。彭芹生三十多人龟缩在乌龙庵里，被国军活活困死。

粟明卿、黎世雍等八个支队八千人的主力，被阻击在乌龙山左翼，冲不上去。

三九寒天，乌龙山上的茅草都结冰了。

战斗进行了两天三晚，弟兄们又冷又饿又累。手指头冻僵了，扣不动扳机。上山冲锋，一步三滑，半天爬不起来。

队伍伤亡巨大，情况十分危急。彭春荣自起事以来，还不曾碰到如此严峻的局面。他思量，只有突围一策。彭传宗和彭秀樵领着两百多人，冒着强大的炮火，冲上山头与国军搏斗。但彭传宗右腿中弹，突围失败。

四天四晚激战，大队长李少云、彭秀樵战死，其部众死的死，伤的伤，有的被俘，有的溃散。而且整个队伍已经三天未吃任何食物了。

彭春荣没法再打，只能退兵。好在他们熟悉山路，彭春荣率领余下部众从木朗溪上坡，攀登砍柴小道，天黑时赶到石竹山，连夜上点兵塔、磨子垭、八斗塔，天亮时到了梧南界。梧南界又有国军驻守。他们只好绕开，从狗儿庵过河，到达龙家寨的关南坪。

叫驴子彭春荣兵败乌龙山，二百多人被俘，两千多人死伤，大部溃散，贺文慈的队伍不知去向。现今，他身边只有一百多人了。

次日，彭春荣决定让弟兄们分散趴壕。

五十二

这些日子，"压寨夫人"覃志美始终跟随彭春荣左右。彭春荣一面指挥打仗，一面对她悉心照料。按彭部纪律，任何人不准骑马坐轿，然而对她网开一面，让她骑着那匹已被她降伏的黑马，使她省去了许多脚力。

来到马古山，大家伙坐在树林里歇气。

"志美，"彭春荣说，"我们这回打了败仗，而且败得很惨。但是不要紧，龙山那边，我们还有瞿伯阶的队伍，四川酉阳，我们还有杨树成的队伍。永顺这边，我们要把打散的队伍重新聚拢，八十六军一调走，就是我们翻梢起水的时候。"

"叫驴子呀叫驴子，"覃志美感叹道，"我真佩服你，你是一头从不认输的倔驴子。"

"志美，你说我们这次为什么打了败仗？"

"我不晓得，你说为什么？"

"因为你的老爹覃鹤龄。"

"什么？这是真的？"覃志美大为吃惊。

"是真的。"彭春荣平静地说，"我得到消息，他本来躲到沅陵的四斗乡，一听说八十六军开到永顺，高兴得很，立即赶回来，带着县保安团为国军效力，充当向导。我总觉得奇怪，八十六军都是些外乡人，为什么对七溪、乌龙山各处地形、小路那么熟悉，总是追着我们打。原来是拜我'老丈人'所赐。"

"什么老丈人，我还没有嫁给你呢。"覃志美说，"叫驴子，你让我回去一趟，劝劝他，莫再为国军卖命，给我们留出一条活路。这样好不好？"

"好倒是好，只怕你说不动他。"

"试一试嘛。"

"那就试一试吧。"彭春荣同意了，又说，"等打完仗，我一定敲锣打鼓，吹起唢呐，燃放鞭炮，抬着花轿，明媒正娶，把你接来做真正的压寨夫人。"

"不晓得我有没有那个命。"

"别人说你是汉武帝的钩弋夫人转世，是大富大贵的命。"

"什么钩弋夫人？"

"你伸出右手，"彭春荣拉着她的右手，指着她手板上的钩形烙印，说，"钩弋夫人手板上有这个印记，你也有，你的前世一定是她。"

"哈哈哈，这是我小时候坐在火塘边烤火，不小心给铁三脚烙伤的。"笑声中，她整理一下腰间插在皮带上的小手枪，灵巧地跨上大黑马，朝山下去了。

这会儿，覃鹤龄正在堂屋里大摆酒席，招待八十六军一个姓熊的团长。他们兴高采烈，举杯敬酒，庆祝这次追剿彭春荣的胜利。

"覃乡长，"熊团长说，"这次胜利，多亏你的协助，你立下头功，若没有你，在这边远的莽莽大山中，我们寸步难行。"

"我是本地人，应当为国军效力。"覃鹤龄说，"遗憾的是，匪部虽说被打垮了，但匪首叫驴子彭春荣仍然在逃。"

"没关系的，他身边只剩下区区几个人，再也成不了气候。有你们保安团围捕，他活不了几天了。"

应该说，在这种情况下，覃志美的出现是不合时宜的。但是她毕竟出现了。

"爹，"她跪在父亲面前，勾起脑壳说，"女儿给你请罪来了。"

"啊！"见了覃志美，覃鹤龄雷霆大怒，恶狠狠地说，"你居然还敢回来，你还有脸回来！你！你！你不是当了土匪婆吗！当了土匪头子叫驴子的压寨夫人吗！我家的门风全被你败坏了，我没有你这个女！你应当去死！"

"覃乡长，"熊团长提醒说，"问问她，叫驴子现在何处？我就派兵去抓！"

"你说，叫驴子现在在哪里？"

"我，我，"覃志美哭着说，"我不晓得他在哪里。"

"你怎会不晓得，你不是从他身边来的吗？"

"脚长在他身上，他一会儿往东，一会儿往西，才不会待在原处等你去抓呢。"

覃鹤龄不由分说，叫人把覃志美的手枪下了，将她关进厢房里，拿一把牛尾大锁锁住。一天，两天，三天，既不给饭吃，也不给水喝。

"给我一碗水吧。"覃志美拍门哀求。

"给她送去！"覃鹤龄指指桌上一碗黑糊糊的东西，吩咐一个卫兵。

覃志美接过卫兵送来的碗，看出这是一碗用水调稀的生鸦片。她明白了："爹要我死啊！"她爹常说，君要臣死，臣不得不死，父要子亡，子不得不亡。她是没有活路了。

"叫驴子，"她在冥冥中说，"你对我承诺，等打完仗，就明媒正娶地娶我，做你真正的压寨夫人。我是没有这个福分了。多谢你这些日子对我的呵护，对不起了。"

说罢，她决然地端起碗，一口喝下。

覃志美死后，覃鹤龄不准用棺材装殓，不准葬在祖宗坟山，只用一铺竹席卷了，埋在乱坟岗上。

彭春荣闻讯，捶胸顿足，大哭一场。千不该，万不该，让覃志美回去送死。想起临别时，怎么别的不说，偏偏说起她是钩弋夫人转世。钩弋夫人被皇帝赐死，覃志美被亲爹赐死。这又何其相似。

谁能料到，覃鹤龄这个全无人性的家伙，带着保安团，以追捕叫驴子的名义，疯狂地杀害手无寸铁的百姓。仅在腊月里的一个早晨，在唐家湾、龚家寨两地，就屠杀无辜百姓五十三人。在硝洞一处，残杀了近百人。为彰显他为虎作伥的"功绩"，有人在永顺县城东门外桥头，为他立了一块硕大的石碑，上镌三个黑色大字："恶人碑"。

五十三

八十六军打垮了永顺的叫驴子，踌躇满志，又集中兵力来龙山收拾瞿伯阶了。一时间，城里乡下全驻满黄皮子枪兵。瞿伯阶这时才得知，叫驴子彭春荣已被打垮，只剩下他和少数亲信趴了壕。

眼见国军来势甚猛，与以往大不相同，瞿伯阶在湘川边界的左道溪与部属开会计议，一方面暂时不同八十六军接触，让开大路，往八面山靠拢；另一方面派人送信给四川杨树成副司令，让他率部来八面山会合，一同往永顺转移。如往常那样，牵着国军的牛鼻子，相机打击他的疲惫之师。

王家仁是瞿部大队长，又是原副司令王吉安的儿子，在桑植猫子垭火烧赵崇炬的战事中，其父战死，他负重伤，腿被打断了。他不能随队伍转移，一直躺在床上将息。

这天，同在瞿部一个叫白太祥的兄弟前来看他，说起瞿部现时的处境，连连叹气。

"叹什么气？"王家仁觉得奇怪，说，"现在人多枪多，连连打胜仗，势头正旺呢。"

"兄弟，"白太祥说，"你躺在屋里，哪晓得外边的事情。如今大事不好了，我们这个队伍转眼就要完蛋了。"

"为什么？"

"政府接到蒋委员长命令，要限时限刻消灭大土匪瞿伯阶。他派来一个八十六军，好几万人枪，枪是一色的美国造，打仗厉害得很。一到永顺，几家伙就把叫驴子的队伍吃个干干净净，连渣渣都没剩。现在八十六军开到龙山来了，放出话来，一月之内，要把我们队伍全歼，还要活捉瞿伯阶。兄弟，你说我急不急？"

"那该如何是好？"王家仁也急了，但又说，"怕卵，反正一个死。我现在只剩半条命，还有半条命，让他们拿去算了。"

"不该这样想，兄弟，"白太祥进一步诱导说，"命是第一要紧的。你还这么年轻，腿伤也会慢慢好起来的。你若愿意，我可以去跟八十六军的朱军长说一声，让他喊个最好的药匠来为你治伤。"

"你说什么？"王家仁大为吃惊，问，"你认识国军的朱军长？"

"对头，我和他算是半个老乡，过去和他就有点熟。

他是个很重情义的人，听说你在家养伤，特意托我带给你五十块光洋，表示慰问。"说着把手里一个布袋，哗啦一声放在桌上。

王家仁终于明白白太祥的来意，脑壳里如一团乱麻，不知该说什么才好，索性两眼一闭，什么也不说。

"兄弟。"白太祥觉得火候已够，便亮出底牌说，"朱军长的意思，你有接触瞿伯阶的机会，或是找一个瞿伯阶的身边人，暗中把他……"他伸手一画，做个"杀"的手势，接着说，"那就立下大功，有几万块光洋的赏钱呢。"

"不行，"王家仁睁开眼，一口回绝，"他是我干爹，我是他干儿子。我怎么能做这种不忠不孝、不仁不义的事？"

朱鼎卿图谋暗杀瞿伯阶的计划不可能实现，但却打探到瞿伯阶的行动方略。杨树成的队伍一到，八十六军就将八面山团团包围。

八面山，湘鄂川边界一座颇有名气的大山，它高而险，四面均为刀削般的岩壁，山上倒有八十里能纵马驰骋的平坡。除去岩口一条路，几乎无路可上。因而守住岩口，就是一夫当关，万夫莫开。

这一天，大雪纷飞，山上雾气腾腾，看不清对面来人。里耶镇有个大财主，是杨树成的仇家，他叫一个熟悉八面山的长工，给国军带路，顺着一条隐秘的羊肠险道，通过王家仁部据守的卡子，攻上山来，对瞿伯阶部形成一道封锁圈。

瞿伯阶和杨树成商量，以为困守孤山，过于被动，决定突围下山。但苦战一天，始终冲不出去。瞿伯阶急了，命令瞿波平抽调精兵二百四十人，以八十人为一队，组成三个突击队，硬要冲开一个缺口。

瞿波平担任第一突击队队长。他身先士卒，一连扑向国军三道战壕，占领敌方机枪阵地。后面两个突击队快速跟上，扩大突破口，厮杀两个多小时，终于杀开一条血路，掩护整个队伍冲出重围，撤下八面山。

队伍撤到四川境内的可达湖，狡猾的朱鼎卿，派出一个团早早在那里等候。一方是有备坚守，另一方是仓促抢攻，五次冲击均未奏效。瞿伯阶亲自挑选三百人，组成十个敢死队，一刻不停地轮番冲击，终将国军冲垮。

八面山一仗，国军阵亡四百八十多人，拖回龙山县城安葬。瞿伯阶、杨树成队伍战死近千人，元气大伤。

队伍辗转到来凤河东三堡，处处遭国军阻击，子弹消耗殆尽，却又无从补充。瞿伯阶与杨树成合计，根据目前情况，队伍难以整体行动，只有采取老办法，化整为零，分散趴壕。

这是一个多雪的冬天，两个来月鲜有晴日，气温奇冷。八十六军决心消灭这支队伍，在野外搜捕追剿，封锁堵截；在地方移村并寨，坚壁清野。瞿部本是乌合之众，面对如此难以想象的困难，感觉走投无路，纷纷向国军缴械投诚。瞿伯阶身边，只剩下瞿波平、向静海两个支队，其他人全不知下落。

八十六军防范严密，村镇派兵驻守，深山野墺设置哨卡，河流水道，深处管控船只，浅处投放荆棘、铁蒺藜。瞿部如囚笼里的鸟，既不能飞，也走不脱。为了缩小目标，向静海的支队单独行动，唯有瞿波平带着五十多人跟随瞿伯阶。

"大哥，"瞿波平建议说，"我们在一起，要是遇到不测，就连老本都丢光了。你还是带几个弟兄，去里耶镇长瞿闵生家避一避。我依然带着这五十来个弟兄，同八十六军周旋。他们认为你一定跟我在一起，只会追着我打。有你在，就留得青山在，不怕没柴烧了。"

既到这种地步，瞿伯阶也觉力不从心，嘱咐瞿波平不可硬拼硬打，便离开去里耶了。

五十四

瞿伯阶走后，瞿波平率队东流西窜。可是一行动，雪地便留下脚迹，国军马上循迹追来。瞿波平想出一计，叫弟兄们把草鞋倒着穿，骗过几次国军。后来这花样也被国军识破了。

"弟兄们，"瞿波平说，"听我说句实在话，拖不起的，可以带着枪支去投诚，保住自己性命。日后我若有出头之日，尽管来找我，大家还是好弟兄。"

众人表示，决不投诚，一定跟瞿波平大哥干到底。后来，只有一个叫胡么的小后生悄悄走掉了。

一天，瞿波平在深山里偶然碰见向静海。他的支队只剩下二十多人。他俩不再分开，合在一起只有八十来人，活动于二梭、洛塔一带。天寒地冻，衣服单薄，赤脚草鞋，有人脚指头都冻脱了。他们经常吃不上饭，有一回，整整三天，水米没沾牙，饿得浑身软塌塌。

眼看到了腊月三十，毕兹卡都在过大年了。他们藏在洛塔的一个岩洞里，又已断粮两天。山下有个寨子，但寨里驻有国军。为了弄些吃食，瞿波平豁了出去，带着几个弟兄，乘天黑摸进寨里，找到一户熟人家中。

"你们好大胆子，"那熟人吓得魂飞魄散，说，"不要命哪！"

他忙去各家各户，悄悄凑足满满两背篓包谷粑、腊肉、烧酒、草烟等催促他们快些拿走。

有了这些，好歹也算过了"年"。

大年初一，国军发现他们的踪迹，又扑上来。他们边打边退。瞿波平腰中一弹，口吐鲜血。弟兄们轮流背着他，拼命往山上跑，把国军甩脱。瞿波平清醒过来，心里难受得很。

"弟兄们，"他说，"我不行了。你们不要管我，赶快跟向静海走吧。"

弟兄们怎舍得把他丢下，便给他解衣包扎伤口，解到最后一件里衣，一颗弹头掉了下来。

"支队长，"大伙笑起来说，"没得事，菩萨保佑，子弹没打进去。"

瞿波平拾起弹头一看，也笑起来。大难不死，真是一个奇迹。刚才吐血和昏迷，原是劳累和操心所致。

他和向静海商量，现在该往哪里走？

"去桑植县的八大公山，"向静海提议，"你看看如何？"

"要得，正合我意。"瞿波平说，"你晓得不，那山下有个芭茅溪，正是贺龙两把菜刀打天下的地方。他领着二十来人，撞开芭茅溪盐局大门，砍杀了恶贯满盈的税警队队长，缴获长短枪十几支。他的故事从那里起头。"

"托贺龙的福，"向静海说，"我们到了那里，也会有个好的开头。"

五十五

动身去八大公山之前，他们袭击了驻扎在洛塔的警察中队，抓到五个俘虏。

这五个俘虏蹲在地上，吓得发抖。

"莫要怕，"瞿波平说，"我们不杀俘虏。只要你们跟着我们走，假装押送我们去县城的样子，过了红岩溪国军的哨所，就放你们回家。不过一定要装得像，莫让国军看出破绽。"

"多谢大哥，"俘虏们满口答应，"听从大哥的吩咐。"

瞿波平仔细搜出俘虏们身上和枪膛里的子弹，把空枪发还他们，让他们拿着佯装。别的枪支全部集中，交由五个弟兄拿扁担挑起。八十多人在五个警察"押解"下，大摇大摆地翻越瓦岗寨，然后一直往下走，通过国军重点防守的咽喉要道红岩溪。那五个俘虏沿途应付，佯装得有模有样，碰到国军哨兵盘问，他们对答如流，甚至掏出自己的警察证件，让哨兵查验，证明并无虚假。

过了红岩溪，瞿波平履行诺言，把那五个警察放了。只是手里的空枪必须留下。

八大公山，地势险恶，遍布原始森林，常有野兽出没，人迹罕至。据说曾有人走进原始森林便迷失方向，再也没有走出来。

山边岩口上住有十数户人家，以采摘和种植药材为生。家中除了养有猪狗，还养有猎豹、棕熊、岩鹰、锦鸡一类野生动物。

瞿波平、向静海的队伍分散借住在他们家里。对弟兄们来说，这里恰似世外桃源，再不担心国军来剿，可以好生将息一些时日了。闲来无事，他们跟随药农进入原始森林。满树的板栗、杨梅、茶泡、茶耳，遍地的八月瓜、猕猴桃，让他们吃个够。

药农挖出一种药材，上面一个大球球，下边根须吊着十多个小球球。

"这叫什么药？"一个弟兄好奇地问。

"它叫'儿多母苦'，"药农回答，"你看像不像？"

"太像了，确是儿多母苦。"众弟兄听着这奇特又形象的药名，觉得很有趣。

原始森林里，地上铺满厚厚一层已腐烂的落叶，踩在上面，松软又有弹性。

"哎哟，"一个弟兄惊叫，"一条蚂蟥叮在我腿上。我们那儿，水田里才有蚂蟥，旱地上是没有的。"

"这是旱蚂蟥。"药农告之，"不仅旱地上有，树枝上也有，人从树下过，它就掉下来，叮住你不放。"

原始森林里的生活，新鲜又奇特。

瞿波平还遇到一个很奇特的人。他叫张青，主动找上门来，愿为瞿部效力。他在八大公山上有一伙烂友，只几天工夫，就招来三十多人，不但自筹粮饷，还能接济瞿部。瞿波平带来的人都配双枪，便拨出二十条长枪给他，让他拉起一个中队。

瞿波平、向静海的队伍，在八大公山安闲度过数月，后来听张青说，八十六军已从龙山调走，瞿波平便派两个弟兄回龙山打探确切消息。六七天后，他俩回来说，八十六军确已调走，龙山只留有侯振汉一个团了。瞿波平对侯振汉毫不在乎，决定回龙山去找瞿伯阶。

思乡情切，瞿波平率部连夜赶往龙山，特意绕道兴隆街、三元、石羔山，大摇大摆走一趟，他要让八十六军留守部队和县保安团知道："我瞿波平又回来了！"

瞿伯阶当时在岩冲麦子坪趴壕，听说瞿波平带回一支队伍，甚是高兴，立即同身边几个弟兄返至二梭，与瞿波平会面，不到两月，又收拢三四百人。就连悄悄溜走的那个胡么，也跑回来，找瞿波平要求归队。

五十六

兵败乌龙山之后，彭春荣又遭八区保安部队全力追剿，再次损兵折将，在永顺、沅陵边境无法立足。他只好收拢残部五百余人枪，于民国三十四年（一九四五年）冬，转移到桑植县八大公山趴壕。

没多久，瞿伯阶、瞿波平也拖几百人的队伍来到八大公山。瞿波平二上八大公山，对山上情事多有熟悉，他一直鼓动瞿伯阶上山看看，借此整训队伍。

瞿伯阶和彭春荣这次见面，二人相对，唏嘘不已，心头都有隐隐的英雄末路的悲戚。那么多同甘共苦、生死与共的弟兄，现在都不见了，再也找不回来，想起令人心碎。作为他们的头领，怎么对得住他们？

这天，瞿伯阶和彭春荣集合一千来人的队伍，一排排跪在山坡草地上，双手合拢，高举过头，祭奠英灵，对天祈祷：神灵啊，庇佑我们所有活着的和死去的弟兄吧！没有花圈，没有香烛，但有一颗颗虔诚质朴的心。

"下一步怎么搞？"彭春荣说。

"打回龙山去！"瞿伯阶说，"躲在这山上终归不是长久之计。"

民国三十五年（一九四六年）四月二十二日晨，瞿伯阶、彭春荣率部千余人枪，走下八大公山，行进到大庸县温塘，过河抵永顺麻阳坪，在一个油栈吃早饭。油栈老板说，柯溪云朝坡、包包山等地，碉堡里均有自卫队驻守。

"攻打碉堡！"瞿伯阶坚决主张。

"不要打，"彭春荣反对，说，"都是地方上几个熟人，打起来还不是老百姓吃亏。"

彭春荣仗着人熟地熟，带着队伍走在前头，以便见机行事。走到距云朝坡碉堡两百米处，刚上袁家垭，碉楼里的枪响了。

"不准还击！"彭春荣下令，并爬上菜园的矮墙，挥手对碉楼里喊话，"我们是借道过路，不要开枪！"

碉楼里正是柯溪大财主胡子义和不良保长向枫山的手下，他们一贯仇恨叫驴子。仇人相见，分外眼红，哪里肯听他喊话？一排枪弹射来，击中彭春荣右胸，他当即倒地身亡，时年三十二岁。一个在武陵山区赫赫有名的角色，在柯溪结束了他的历史使命。

"弟兄们，打！"瞿伯阶下令，他悲愤至极，吼声如雷，"打烂他龟儿子，为指挥官报仇！"

弟兄们一齐开火，千万发复仇的子弹射向碉楼。几个勇者冲进碉堡，爬上碉楼，对躺在地上的一具具死尸，连连补枪，直到将死尸打得稀巴烂，仍然不肯罢手。

瞿伯阶俯身蹲在彭春荣的遗体旁，久久凝望着他惨白的脸，欲哭无泪。

"老叫兄弟，"他喉咙嘶哑地说，"你不能这么走呀！我们还要一起打国军，打保安团自卫队，怎么能没有你？兄弟。"

冷静下来后，他令弟兄们不许声张，抬着叫驴子彭春荣的遗体往龙山方向走。第三天，到了永顺、龙山交界的正河，悄然将他的遗体埋葬。

彭春荣的贴身卫兵王儿，一直背着装有彭部关防、印章的布袋。

"指挥官都死了，还要这些做什么？"他说，随手把布袋丢在路边草丛中。

两天后，国军来到柯溪，沿瞿部和彭部行进的方向追寻，在正河找到彭春荣的新坟。他们挖开新坟，取了彭的首级，解至湖北来凤县城示众，并向上司报称，叫驴子是他们打死的，要求按"悬赏金额"发给赏金。

五十七

民国三十六年（一九四七年）元月，时令进入严寒的冬季。龙山县城突然出现一个很神秘的人物。他头戴深蓝绒帽，身穿青色对襟大棉袄。身边有两个戴瓜皮帽、衣着极平常的跟班。看模样是个做生意的老板。

住进伙铺好几天，又从不打听龙山市场的情形，物价的涨跌，什么货紧俏，什么货疲软。每天从早到晚，他们都在街头巷尾逡巡，这里听听，那里看看。回到伙铺，便紧闭房门，小声甚至很机密地商量着什么。

显然都是外路客，听口音，不是从长沙，就是从武汉这两个大口岸来的。

伙铺掌柜仔细观察，费神琢磨，认定这伙人在做鸦片生意，而且生意做得很大。不出所料，他们结账退房之后，便径直往盛产鸦片的召头寨方向去了。

到了那里，他们又跟在龙山城的时候一样，出入街头巷尾，这里听听，那里看看，鬼鬼祟祟，向卖草鞋的、炸油粑粑的打探什么。

最终，他们翻山越岭，来到瞿伯阶队伍的驻地二梭。山民们望着这几个穿戴怪异、口音奇特、形迹可疑的外路人，均以为是国军派来的探子。一伙人蜂拥而上，不问青红皂白，用麻索一索子绑了，押送到瞿伯阶司令部来。

"什么来路？"瞿波平审问。

"我们从武汉来，"戴绒帽老板模样的人答道，"想来这儿做笔生意。"

"什么生意？"

"请问你是瞿部的什么官？"

"我是支队长，有话可以跟我讲。"

"不行，我们要当面跟瞿伯阶司令官讲。"

"我完全可以代表瞿司令。"

"也不行，只能和瞿司令当面讲。"

瞿伯阶正巧从里间屋出来，一瞧眼前的阵势，颇为生气。

"乱弹琴！"他说，"怎么把客人绑起，太不像话，快快解开。"

几个弟兄遵命，将绑在来人身上的麻索松了。

"司令官，"瞿波平说明，"他们自己说是从武汉来的，要跟司令官亲自面谈，做一笔什么生意。"

"那好啊，我就是瞿伯阶，你们究竟要和我做什么生意？"

"军火生意。"戴绒帽的凝视好一会儿，确定他是瞿伯阶后，便说。

"要得，"瞿伯阶兴冲冲地说，"只要价钱合适，你有多少，我要多少。"又开玩笑说，"若有飞机大炮、洋船兵舰，我们也要。"

"那就进里屋去谈，"戴绒帽的说，"避开所有闲杂人。"

"他可不是闲杂人，"瞿伯阶指指瞿波平，笑说，"是我兄弟，是我左膀右臂，无须回避。"

进到里屋，将房门紧闭。瞿波平已交代外间卫兵，不许任何人靠近和打扰。五人落座后，戴绒帽的从内衣袋里掏出一个蓝皮硬壳小本本。

"瞿司令，"他说，"这是我的军官证，请你过目查验。"说着将这个军官证递到瞿伯阶手里。

瞿伯阶初识文墨，打开来看，见有以下文字："国民政府军事委员会武汉行辕上校参谋吴明信"。下边还加盖钢印。

另两个"跟班"也把军官证拿出来，递给坐在一旁的瞿波平。瞿波平大字不识一个，两眼摸黑，装模作样翻了翻，然后递给瞿伯阶。瞿伯阶看了，一个是少校，一个是上尉，均是国军正式军官无疑。

"瞿司令，"戴绒帽的上校参谋吴明信说，"你已经知道我们的身份了。我们为武汉行辕程潜主任所派，专门来找你的。"

"程潜？"瞿伯阶诧异，"哪个程潜？"

"武汉行辕主任只有一个程潜。"

"哦嗬！"瞿伯阶大为吃惊，这太使他感到意外了。他虽说是山野草民一个，这几年的闯荡，也增长了不少见识，知道程潜是国民党元老，是鼎鼎有名、文武兼备的大官。

"他一个堂堂大人物，"瞿伯阶说，"怎么找我这个山中草寇、抢犯头子？"

"嗨嗨，"吴明信笑笑，说，"程潜主任渴求将才，早听说瞿司令善用兵，会打仗，又有一支队伍。他想和瞿司令交个朋友，将你的队伍收编入武汉行辕。为此派我们来同瞿司令联络，如同意，要什么名义给什么名义。其他有关事宜，日后慢慢协商。"

"这……"瞿伯阶欲言又止，过了一阵，说："多谢程潜主任招安。不过，招安这事太大，我一人做不了主，得和弟兄们商量，听听他们的意见。"

"不是招安，"吴明信纠正说，"是收编，成建制收编，并不打散你的队伍。"又说，"也好，我们在这里多等两天，你们商量妥了，给我一个答复。"

瞿伯阶拖队二十余年，在国军和地方民团重重追剿中求得生存和发展，无数兄弟为此丢掉性命，他侥幸能活下来，如接受收编，也算成了正果。其他跟随他多年的弟兄，吃苦受累，提着脑壳度日，有今天没明天，不知能否看见明晨那轮新鲜的太阳。接受收编以后，正式当上国军，甩脱抢犯的帽子，堂堂正正做人，何乐而不为？

正当此时，湖南省政府主席王东原也派人来，通过老统领手下一个旅长罗文杰，和里耶镇镇长瞿闰生，前往联系收编事宜。瞿伯阶一时成为抢手货。瞿伯阶征求瞿波平及大家伙意见，究竟让谁收编好？

"大哥，"瞿波平分析说，"其一，程潜先派人来，已有意在前；其二，程潜的牌子比王东原硬得多，来头也大得多；其三，王东原系安徽人，程潜是湖南人，是大老乡，有些乡情，以后不会把我们队伍调离湖南。"

瞿伯阶甚觉有理，决定接受程潜收编。

五十八

收编开始，武汉行辕派来十多名全副武装的收编大员。领头的也是一个上校，一个脸色凝重，据说不好转圜的人。他叫莫绪友，名义是点编官。

酒席上，瞿伯阶、瞿波平不停地给点编官莫绪友敬酒，一杯接一杯，怕莫敬了十多杯。酒是烈性包谷烧，莫绪友都接过来喝了。他的酒量不小，瞿伯阶便向陪席的几个弟兄示意，让他们轮番对点编官"进攻"。一坛酒喝光，又令人搬来一坛。

"不、不、不行了。"莫绪友摇手说，"不、不、不能再喝了。"

酒劲上来，他满脸通红，一直红到耳根。

"点编官，"瞿波平说，"用你们的话说，酒后见真情。我们毕兹卡说，敬酒不吃是看不起我，是打我的脸。弟兄们，欢迎点编官的到来，大家一齐敬他，来个一醉方休。"

"要得，敬！干！"众人一齐举杯，气氛很是热烈，刚搬来的一坛酒又已喝光。

"点编官，"瞿伯阶乘势说，"你这次来点编，我乡巴佬不懂，要如何点编？"

"这这……"莫绪友醉意蒙眬，话不连句，"很、很简单，我、我先问你，你的、的队伍，你要、要据实、实说，究竟有多、多少、少条枪？"

"一万左右。"瞿伯阶吹嘘说。

"真、真有一万人枪，就可以编、编，一个师，你就当、当师长。我这个，点编官，是要搞、搞清楚，你到底有、有多少条枪，够不够一个师、师的架子。如若不、不够，你就当、当、当不成师、师长。"

散席后，瞿伯阶把瞿波平几个头目拉到一处，商量如何应对，他们心知肚明，队伍怎能一下就变出一万人枪？满打满算，最多只能集合七百多人，四百多条枪，跟瞿伯阶在酒席上吹的"一万左右"，相差太大。怎能编成一个师？瞿伯阶又如何能当上堂堂师长？

副司令杨树成还有一支队伍，但远在四川，一时又调不回龙山来。

瞿伯阶思来想去，只好命令弟兄们分头出动，四处借人抓人前来应点，最后也只集中一千来人，七百多条枪。

瞿伯阶灵机一动，叫一些乡保长和普通百姓，故意在点编官面前散布流言，说是瞿伯阶对国军仍不放心，故留有余地，大部队放在四川，由副司令杨树成率领，不肯拉出来。

最后，只有向点编官行贿一策。奉瞿伯阶之令，瞿波平给点编官莫绪友送去一箱银元和一箱鸦片。

"点编官辛苦了，"瞿波平说，"这是瞿司令的一点心意，请笑纳。"

"不好意思，"点编官说，心想，这瞿伯阶还算懂事，"多谢瞿司令了。据说你们的大部队还在四川，一时调不拢来。"

"是这样。"

"既如此,我明天上报武汉行辕,清点结果是四千多人,三千多条枪。你看这样上报可不可以?"

"可以,多谢点编官了。"

第一次点编结束,接着又有第二次点编。程潜有意试探瞿伯阶听不听话,服不服调,下令将瞿部调出龙山地盘,去石门接受第二次点编。到了石门,瞿伯阶急了,这是个完全陌生的地方,如何找来替身应点?

他和瞿波平一商量,带些亲信连夜赶回龙山,给人封官许愿,一连弄出十几个连排长,凑够六百多人,三百多条枪,拉往石门应点。但一共也只有一千三百多人,七百多条枪。他急中生智,玩个花招,令队伍轮番重复上去听点,一千多人变成两三千人,总算蒙混过关。

这之后,他一面大肆招兵买枪,一面对行辕上下打点,又把杨树成的队伍从四川调来。行辕第三次派员前来点编,竟有八千多人,四千多条枪。程潜这才授予瞿伯阶暂编第十师师长官职。杨树成任副师长。瞿波平等人晋升团长。

瞿伯阶奋斗一生,总算功德圆满了。

五十九

　　高寒山地的冬天，很难有这般和煦的阳光，雪在融化。酉水上游的里耶码头，一只竹篷船抵岸。从船上下来一位衣着光鲜的中年男子，头戴白色大礼帽，身穿毛哔叽中山装，外披一件黑呢子大衣。仔细看，会发现大衣上别着一个金属小标牌，是湖南省政府清乡督察专员的标志。虽说不过四十多岁年纪，又无腿疾，手里依然挂着一根很华丽的自由棍，从而显示出他与众不同的身份。

　　"四年了，一千四百多个日夜啊！"他在河码头上伫立良久，遥望里耶镇上老旧的房屋，熙熙攘攘的街道，心潮澎湃，大发感慨，"我终于回来了。里耶，你还记得我师兴周吗？"

　　那年，四川秀山匪首伍南卿、酉阳匪首白树庭，联合攻打里耶，是他亲率家乡子弟兵，打退他们的进攻，使里耶躲过了一场浩劫。没有他，还会有今天的里耶吗？

　　认识他的人自然很多，都在窃窃私语。

　　"瞧，那不是师兴周吗？"

"他不是被关在耒阳监狱里吗？"

"准是放出来了，看他那神气，如今又抖起来了。"

"放虎归山啊！"

鉴于国军在武陵山区剿匪数年，匪却越剿越多，国军所到之处，奸淫掳掠，比土匪有过之而无不及。百姓宁愿通匪却不愿协助国军。如国军团长余坤率部追剿土匪，在铅厂坡遭到瞿伯阶部伏击，伤亡甚大。余坤深感无法对上司交差，下令拿当地百姓"顶匪"，一次枪杀百姓二十三人。国军暴行，激起民变。省府对此无计可施，忽然想起关在牢里的师兴周，认为他虽然也是一只恶虎，但这恶虎当年只咬红军，只咬其他地方武装，从未咬过国军和政府。不如放他回去，"以龙山人治龙山人"。加之又有里耶头面人物作保，他便挂着个督察专员的空衔回来了。

师兴周住在里耶亲戚家中，闲来无事，便四处走走，在里耶小学操场上，见旁边花坛里梅花开得正艳，便伸手摘了几朵。

"不准摘花！"一位老师上前阻止。

"摘了又怎样？"师兴周火冒三丈，气呼呼地说，"你知道我是哪个？要不是老子救了里耶，还会有什么狗卵学校！"骂完还不解气，随手举起自由棍，对着那位老师就打。

这事激起全校教师的义愤，一时间，里耶街头巷尾贴满谴责师兴周的标语：

"师兴周是打人凶手，须受法律追究！"

"师兴周破坏学校公物，必须赔偿！"

"师兴周立即滚出里耶！"

"里耶人站出来，赶走恶棍流氓师兴周！"

师兴周觉得众怒难犯，只好向小学校长道歉，垂头丧气离开里耶。说起来事情不大，但对师兴周的刺激不小。他很感慨，昔日他舍命保里耶，今天里耶却把他赶出来了。

回到老家内七棚，他更觉大势已去，昨日不再。在他入监期间，乡长王启铁、保长王伏田抄没了他的家。昔日的老部下众弟兄都离他而去，投靠了瞿伯阶。而瞿伯阶已为程潜收编，当上堂堂师长，秃毛鸡变成金凤凰了。自己的靠山老统领早已默默无闻，不知去向。四年时间，变化如此之大，恍若隔世。

他找到昔日的忠实部下师文元、蔡金阶、叶仲翔三人，挖出埋藏的枪弹，又获川军结义兄弟彭焕章送来机枪五挺、步枪百支，便重新拉起一支三百多人的队伍。既有了武装，首先要报抄家之仇，他派人将乡长王启铁枪杀于家中，派队伍去踏竹坪围攻保长王伏田，将其赶跑。接下来师兴周亲赴龙山县城，拜会县长向阳，表示愿协助县府维持社会治安，剿除境内的边棚土匪。县长向阳自然欢迎和赞赏。

不久，龙山县自卫总队成立，县长挂名兼任总队长，师兴周任副总队长实职，掌管全县枪兵。直到这时，他才感到柳暗花明，时来运转，重新抖擞往昔的威风。

六十

民国三十六年（一九四七年），国民政府筹划在首都南京召开首届国民代表大会，由各地推选国大代表。一场既热烈又滑稽的闹剧拉开序幕。

龙山县推出两名国大代表候选人，一个是县三青团干事长师文雅，另一个是曾在宋希濂部担任过经理处长的田植。在两人中选出一人为国大代表。

师文雅是师兴周的族侄。师兴周为在政界求得发展，全力为族侄师文雅助选。田植的有力后台，是县党部书记长、县参议长田和中，其实力较师兴周更胜一筹。

双方摆开阵势，为自己拉票。除广贴标语，派人呼喊口号，鼓动众人投自己一票外，又在街边搭起许多席棚，对人施以蝇头小利。师文雅的席棚承诺，凡愿意投师一票者，赏肉包子三个，立即兑现。田植的席棚针锋相对，凡愿意投田一票者，当场吃肉面一碗。

到后来师文雅席棚，将三个肉包子增加到五个。田植席棚紧随其后，将肉面一碗增加到两碗，甚至摆开席面，赏酒肉大餐一顿。

全城百姓喜笑颜开，拿了包子再去吃肉面，吃了肉面又等着吃大餐。消息传到乡里，乡下人纷纷赶来，松松活活吃几天大户。

选举结果，田和中支持的田植获胜，当选龙山县国大代表。

师文雅丧魂落魄，舍出许多钱财，落了个败选下场，便倒在床上蒙头睡了一天。

"你这情绪不对头呀！"师兴周站在床边，教训侄儿，"这算什么，跌倒了，再站起来，所谓失败为成功之母。想想你叔，我坐牢就是四年，家也被人抄没。现在怎么样，我还是我，师兴周还是师兴周！你还年轻得很，依然是三青团干事长，前程无量。"

话虽这么说，师兴周却恨透了那个田和中，觉得在龙山，他是自己的绊脚石、拦路虎，此人必须除掉。

机会来了。转年五月，田和中在酉水边的龙头镇搞国民党员、三青团员登记，住在镇公所里。师兴周探知，立即找来心腹孙玉春。

"你赶快去龙头一趟，"他急切地说，"找到那里的自卫总队分队长向天寿，他是我的拜把兄弟。"又如此如此交代一番。

向天寿接到副总队长师兴周的秘密指令，毫不迟疑。这天，田和中孤身一人在酉水边，看渔船上放鱼鹰捕鱼。河岸有上百尊排列有序势如卧虎的自生石，向天寿藏在石后，一枪将田和中击中，接着又补一枪。这位县党部书记长、县参议长，便魂飞魄散，气绝身亡。

兹事体大，县府不敢耽搁，迅速报告第八区专员公署。专员公署派员前往查处。

"龙头属师兴周地盘，"查处人员行前，专员聂鹏飞郑重交代，"此案若牵涉师兴周，务必睁只眼闭只眼，走走过场，切不可顶真。此人是不好惹的。"

查处大员在龙头住了两天，看看现场，找镇长问问，便以"主谋难定，凶手难惩"为由，草草收场，打道回府。

六十一

瞿伯阶当上暂编第十师师长，奉调去湖北宜都、当阳，湖南慈利等地驻防。

身着黄呢子军服、佩戴国军少将领章，瞿伯阶显得威风凛凛。弟兄们那乱七八糟的老百姓衣服也脱掉了，换上簇新的黄军装，整齐一律，与原先的叫花子队伍，不可同日而语。

既是正规军人，就必须循规蹈矩，一切按军人条例行事。听军号起床，整理内务，去操场集合晨练；吃饭限时，在规定时间放下碗筷；晚上，军号一响，立即熄灯睡觉，不准说话和喧哗。

还有，下级见上级应当敬礼，只能称长官，不准叫"兄弟""大哥"。有事找长官，要先行"报告"，得到准许后才能入内。不准聚众赌博，抽大烟的恶习要戒掉。军风军纪必须讲究，军帽戴正不能戴歪，军装衣扣要扣好，皮带、鞋带要扎好。

我的天！这些游杂散漫惯了的"山猴子"，哪里受得了此等约束？骂娘的、讲怪话发牢骚的大有人在。

武汉行辕派来一位很严厉的教官，每次训话都反复说："要按一个正规军人的标准要求自己！坚决克服游杂习气、老百姓作风！"一发现违反军纪的角色，轻则厉声呵斥，重则抽出皮带就打。

"波平，"一天，瞿伯阶突然说，"我想回龙山一趟，把部队也带去。"

"大哥，不，师长，"瞿波平叫惯了大哥，觉得不对了，马上改口叫师长，"回龙山？你也受不了这种约束？"

"哪里，要这样约束才好。那个行辕的教官，还是我打电话要过来的。我跟他说，有不守军纪的，你只管拿皮带抽。波平，以前别人说我们是土匪，是抢犯，现在我们是正规国军，就要拿出个正规的样子，哪兴搞过去那一套？你说是不是？"

"师长讲得对头，我也这么想，要用些功夫，把这些山猴子整得规矩一点。"又问，"师长，你怎么想到要回龙山一趟？"

"这个，我在打军费的主意呢，"瞿伯阶说，"行辕拨的军饷究竟有限，我想自己多搞点。现在已是古历三月，去年秋种的罂粟花期快到了，就要割鸦片了。鸦片税是一大笔钱财，我们不去拿，难道让别人拿？"

"师长想得周到。"瞿波平恍然大悟，但又担心，"部队调动须得行辕批准，你怎么跟他去说？"

"当然不能说去收鸦片税，只说收编前，我们曾有一笔经费留在龙山，现在要去取来。"

经行辕批准，瞿伯阶便率领全师部队，浩浩荡荡，向龙山进发。但在行军途中，瞿伯阶偶感风寒，咳嗽起来，觉得作寒作冷。瞿波平伸手摸摸他的额头，热得滚烫。路途上找不到好药匠，只能弄一顶轿子，将他抬起尽快赶往龙山城。

到龙山后，瞿伯阶住进医院，治疗一月之久。稍好，又迁往离城十五里的太平山小庙养息。

太平山，平坦旷野里的一座孤山，如大海中的一个小岛。山很小，但高而挺拔，沿一条笔陡的数十级阶梯直上山顶，便是一座小庙。可谓孤峰独峙，绿隐琼阁，香火缭绕，胜若仙境。当年，瞿伯阶和王吉安攻打县城后，曾在这庙里驻军，留给瞿伯阶颇深印象。

这次来养息，由人背上山，还带上医生和必需的药品。到了古历五月，遍山罂粟花盛开的时节，瞿伯阶的病突然沉重起来，他在弥留之际，当众宣布瞿波平为代理师长，又喃喃自语："就要见到我的好兄弟叫驴子了。"经医生全力抢救，仍回天乏术，瞿伯阶逝世时年仅四十九岁。

六十二

二十世纪四十年代的最后一年，全国形势发生天翻地覆的变化，淮海战役（国民党称徐蚌会战）已经结束，国军节节败退。正当解放军大举南下西进的时候，国军少将师长瞿伯阶提前退出历史舞台，可说适逢其时。他将麻烦完全留给他的继任者了。

一个国军少将师长的葬礼在龙山县城隆重举行。考虑到吊唁者甚多，故将灵堂设在县立中学的大操坪。这是龙山县数十年来最为奢华盛大的葬礼。一口极其贵重的楠木棺材，祭幛遮天盖地，鞭炮声震耳欲聋，地上的碎屑足有一尺多厚。四面八方来吊唁的宾客络绎不绝，不仅有家乡二梭贾田溪的亲族，更有湖南、湖北、四川边区的头面人物，行政公署主任，数十县的县长，或亲自到场，或派出代表。

　　饶有兴味的是，鄂西行署主任朱怀冰专程从恩施赶来。他是国民党元老，更是多次围剿瞿伯阶的八十六军军长朱鼎卿的堂兄。由他亲临灵堂为瞿伯阶"点主"。意即灵牌上"瞿伯阶之位"的"位"字留出上边那一"点"，由最有权威的人物，手握毛笔补上。

　　丧事办完之后，瞿部开始讨论由谁来继任师长的大事。当时瞿部的人事情况是，副师长杨树成已从四川回到龙山，参谋主任周光然一帮四川人认为，师长既死，继承人当然是副师长。团长彭雨清、贾青松、向静海等龙山方面的人，则主张遵照瞿伯阶师长生前遗愿，应该由其族弟、代理师长瞿波平继任。如果由杨副师长来搞，部队不见得统一得了。

　　副师长杨树成尚没表示意见。

　　原为八十六军团长、现任瞿部参谋长的侯振汉，坚决支持瞿波平继任师长，且在下边为他做工作，当说客。

　　"波平，"他叮嘱说，"你现在连客气话都讲不得，莫吱声，大家帮你讲。"

　　瞿波平以代理师长名义，主持一次营长以上人员会议，正式讨论继承人事宜。

"各位，"他说，"师长去世了，要有人来接他的手。大家看，哪个来接他的手？"

"我说，"参谋长侯振汉接话说，"遵照瞿师长的遗愿，他叫瞿波平团长代理师长，就是打算让他接任师长。师长当然应该由瞿团长接任。"

"师长是应该由波平来搞。"副师长杨树成终于表态，说，"大哥生前是有这个意思。我的能力不行，理应让贤。"但又说，"波平如果不搞，就叫师长的儿子崇胜来搞。"

"崇胜才十五六岁，搞不下的。"参谋长侯振汉接着说，"副师长既然表示让贤，那就由瞿波平接任师长。"

众人一齐拍手，表示拥戴。

六十三

龙山县城为瞿伯阶举行葬礼的同时，内七棚也在举办一场葬礼。师兴周的母亲死了。

由乡保甲长出面，逐户通知：

"龙山县自卫总队师总队长的老母不幸过世，各家各户必须表示哀悼，去送礼金。"

这种"通知"，实为命令，平头百姓谁敢违抗？只好翻箱倒柜，找出仅有的光洋、铜元和纸钞，忍痛送到师兴周家。

师家门口摆放一张长桌，一个女人管收礼金，一个戴老花镜的先生认真在账簿上登记，供师兴周查阅，谁家送多谁家送少。

内七棚街道，全用白布覆盖，挂满祭幛，众多梯玛被唤来，从请神到送神，唱了几天神歌；然后又唤来道士，做了九天九夜道场。内七棚一时热闹非常，鞭炮声，锣鼓声，众亲友的哭丧声，从早到晚，在山谷间回荡。

龙山县自卫总队原本驻扎在县城，瞿伯阶的暂编第十师一来，师兴周惧怕瞿伯阶对他施以报复，故将总队撤出县城，驻扎内七棚、里耶一线。

给老母办完丧事，师兴周召集大达、三甲两个乡的乡保甲长开会，指令贾市、内溪、岩冲、里耶、长潭等地要大肆扩种罂粟，分配种植面积，规定每亩株数。如不完成指标，则要重罚，课以"懒税"。

师兴周坐牢期间，家被抄没，而今大兴土木，新修三层青砖楼房一栋，令当地百姓挑砖抬岩，小学生也被唤来送瓦。

这年，适逢湘西发生"三二事变"，永顺警察局局长曹振亚、督察长周海寰等人发动叛乱，率部众数千人枪，于三月二日攻克沅水重镇沅陵，烧杀淫掠，制造"万户千门尽劫灰"的惨案。这便是震惊省内外的"三二事变"。

师兴周得知，八区专员兼保安司令聂鹏飞在永顺被叛军羁押。想到聂鹏飞不追究他枪杀田和中的好意，日后或可利用他作为自己仕途发展的晋升之阶，便交给自卫总队大队长黄心柏一个特别使命。

"心柏，"他说，"你火速带队伍去永顺执行一项任务，把聂专员从叛军手里救出，然后亲自护送他去保靖、永绥暂避。一定要保证他的人身安全。"

黄心柏不辱使命，将聂专员救出并保护起来。"三二事变"平息后，省府仍用"以湘西人治湘西人"的策略，任命素称"湘西王"的老统领陈渠珍为湘西行署主任。聂鹏飞亦回永顺复位，为感激师兴周派兵相救，委任他为自己的副手：第八区副专员兼保安部队副司令。师兴周又升官晋爵，飞黄腾达。但是他得意的日子快到头了。

六十四

民国三十八年（一九四九年）八月，程潜、陈明仁两位将军在长沙通电起义，湖南省和平解放。身在龙山的瞿波平，对此全然不知。电台台长李亚英，有军统背景，接到程潜通电后，瞒着瞿波平，去找参谋长、原八十六军团长侯振汉商量。他俩担心瞿波平追随程潜，便将通电扣留，反倒鼓动他随宋希濂部往四川撤退。

山雨欲来之际，瞿波平想到，必须和程潜取得联系，听从他的指示，特派军需主任黄宝庵去长沙打探消息。

"带上两百斤鸦片，做上下打点。"瞿波平说，"找到程潜后，请他指示，我暂十师该如何机动。"

"去长沙的交通断绝，"黄宝庵到保靖后，派人回龙山报告，"只能慢慢等机会再说。"

从此音信杳然，两百斤鸦片被黄宝庵私吞。

"报告，"门外卫兵的声音，"宋部田植处长求见。"

田植是宋希濂部的经理处长，又是龙山县选出的国大代表，瞿波平早就熟悉。正当时局扑朔迷离，不知何去何从之时，正好问问他外边的情况，让他给拿拿主意。

"请进，"瞿波平迎出门来，说，"请问客从何处来？"

"唉，刚从地狱里来。"田植唉声叹气。

"怎么回事？"

"莫讲起了，在宜昌，我落到解放军手里，好不容易才逃出来，保住这个脑壳。"

"都说你是福将，国大代表一选就选上，经理处长照样当着，大难之中又有脱身之术。"

"兄弟，莫拿我转坛子（消遣）了，"又问，"你现在怎么样？"

"唉，"现在轮到瞿波平唉声叹气了，说，"我现在成了无爹无娘的孤儿，跟程潜断了线，怎么也联系不上。"

"你还蒙在鼓里，程潜早已向解放军投诚起义，靠他不到了。"

"真的？"

"千真万确。他发了通电，宣称湖南省和平解放。"

"那……我该怎么办？"

"你可以到宋希濂主任那里去搞嘛。他从宜昌退到恩施。我明天就去恩施见他。我帮你去说，仍然让你编一个师。"

两天后，田植从恩施打来电话，说宋主任已答应，让瞿波平去恩施接洽。瞿波平随即前往恩施，见到宋希濂，他被任命为新编第十师师长，并给他补充二十箱子弹，两挺马克沁重机枪，两支卡宾枪。

回到龙山，传来解放军已进驻永顺的消息。龙山与永顺毗邻，毫无疑问解放军将很快进入龙山。宋希濂五十四师董惠部开到龙山防守。

瞿波平设宴为董惠洗尘。

"老兄，"董惠对瞿波平颇有戒心，笑着说，"你不要开口子啊！"

意思很明白，你瞿波平不要在紧要关头，随意把部队拖走，让解放军进来。

后来陈希平军长率部来龙山换防。

"瞿师长，"陈希平军长说，"解放军已抵召头寨，我们研究一下，如何攻打这个地方。我军准备分四路进攻。瞿师长对这一带很熟悉，你想担任哪一路？"

"我部武器不好，"瞿波平说，"弹药不足，担任一路进攻，恐怕不能胜任。我建议派出我的部队，协助你部，担任进攻向导。"

"那也好，你回去做好准备。"

谁料刚到午夜，陈希平的部队已悄然撤走。直到他们撤完，才派人来，通知瞿波平部向来凤方向撤退，在陈希平部尾后跟进。瞿波平深深感到，在解放军进攻面前，宋希濂部方寸大乱，指令出自多门，且对自己存有二心，留在后边为他们挡子弹。

在撤退中，参谋长侯振汉率部走前，瞿波平带两个团走后。刚到咸丰十字路口，解放军追上来一打，吃掉他的一个营，部队垮下来，与前面侯振汉的联络也断了。

刚出发，解放军接着追上来，又吃掉他的一个补充团。

瞿波平明白，这是陈希平的诡计，让瞿部给他垫屁股，挡子弹。一气之下，他带着向静海的一个补充团，绕个大圈子，依旧拖回龙山二梭老家，不给陈希平当替死鬼了。

六十五

一九四九年十一月九日，解放军进入龙山县城，龙山县宣告解放。

百姓们议论纷纷，说解放军就是当年的红军，在湘鄂西建立根据地、围攻龙山城四十九天的贺龙，如今已龙飞在天，当上解放军中的大将军。从解放军张贴的布告上，知道了主席毛泽东、总司令朱德的赫赫大名，也知道了与国民党完全两样的共产党。许多新奇的词儿在众口中风传。

将部队拖上二梭大山里的瞿波平，突然接到八区副专员兼保安部队副司令师兴周和里耶镇镇长瞿闵生的两封信。意在约请瞿波平去里耶一趟，商量如何应对解放军进剿。并说大家应以大局为重，消除以往的种种误会，团结一心，合作共事。

瞿波平同几个头目商量，去还是不去？

"我看可以去，"副师长杨树成说，"师兴周也搞起了一支队伍，同他挂上钩，力量就大些，地盘就宽些。"

团长彭雨清、向静海也认为可去谈谈。

瞿波平便率一连人枪，前往里耶，会见师兴周和瞿闵生。

"波平兄弟，"师兴周见到瞿波平，上来热情招呼，"多年不见，你还是那么年轻，那么英武哇！"

"哪里，"瞿波平见到师兴周，内心总有些怏怏不快，便应付说，"都三十出头了，不算年轻啰。"

"可我比你痴长十五岁，已四十六了。伯阶大哥在的时候，对我有许多误会。其实我是没有什么的。现在好了，我们一起搞，我的部队都交给你。你和瞿闵生一起负责。我年纪大了，精力不行了。"

"波平，"瞿闵生说，"你来了就好。莫看解放军来势汹汹，其实搞不长久。第三次世界大战就要打起来，美国站在我们一边，可以用原子弹支援。我们还是要接着搞！"

"当然还要搞。"瞿波平说。

自此，瞿波平把部队调到里耶，在附近几个寨子，驻扎下来。

听说保靖的比耳驻有解放军一个连。比耳距里耶不远，也在酉水河畔。师兴周邀瞿波平去打。

"波平，"师兴周说，"我们一起去打，缴获的武器全部归你，我不得要。"

"打了再说。"瞿波平说。

他俩各自带上自己的队伍，当晚从里耶过河，到达距比耳不足十里路的山寨，住在师兴周的一个亲戚家，决定次日拂晓发起进攻。

师兴周暗怀鬼胎，打算借解放军之手，将他昔日的对手除掉。半夜里，他悄悄派人去比耳给解放军报信，说瞿波平的部队驻扎何处。

"波平，"他一面对瞿波平谎称，"听我亲戚从比耳赶场回来说，解放军已经调走，那我们就不去了。我先回里耶，有一堆麻烦事等着我处理。天亮以后，你再把部队带回里耶来。"说完便领着他的队伍走了。

瞿波平不知是计，听信师兴周的安排。哪晓得，天刚蒙蒙亮，解放军就打过来了。瞿波平一边还击，一边向里耶方向撤退。多亏解放军情况不明，路径不熟，没再追赶，瞿部侥幸只死伤三十多人。

瞿波平遭此算计，对师兴周恨得咬牙切齿，但他稳着没有吱声。心想，牛卵日的师兴周，简直不是东西。你这么整我，我总有报复你的一天，看看谁厉害。

瞿波平住在里耶，师兴周、瞿闵生极力拉拢。瞿波平伸手要借五百大洋，他俩满口答应，立即派人送来，还假仁假义慰劳瞿部伤兵每人两块大洋。他们一心利用瞿波平同解放军对抗。胜则坐收渔人之利，败则遂了借刀杀人之愿。瞿波平心知肚明，住在里耶不动，问他们要吃要喝，要一切军费开支。

报复的机会终于来了。师兴周外甥贾奇才，原是大达乡乡长，已向解放军投诚。他突然来信说，据可靠消息，解放军调来一个团的兵力，准备攻打里耶，要他舅舅师兴周提前防备。师兴周便找瞿闵生、瞿波平商量对策。

"解放军来打里耶，必先路经岩冲。"师兴周判断说，"岩冲地势险要，易守难攻。守住岩冲就保全了里耶。依我看，这一仗必须放在岩冲打。"

"有道理。"瞿闵生说，接下来就给瞿波平"灌米汤"（夸耀怂恿），"波平，只有你的部队能打，正规军嘛，你又年轻，足智多谋，必须靠你才能把岩冲堵死。"

瞿波平窃喜，机会来了，可谓量小非君子，无毒不丈夫。他便满口答应。

"解放军一个团算什么，"他大大咧咧地说，"来得再多，我也要把他们打回去！堵岩冲的任务我包了。两位老哥尽管放心，好好坐在里耶，只管喝茶、抽大烟。"

瞿波平一番设计，第二天半夜，悄然将大部队和眷属、伤兵送上八面山。他只带两百人枪，全副轻装，出发去守岩冲。第三天蒙蒙亮，解放军果然来了。他令部队零零落落放了几枪，立即朝八面山方向撤退。

岩冲开了口子，解放军如猛虎下山，一直冲到里耶。

师兴周、瞿闵生毫无防备，其队伍大部被歼，财物损失大半，两人差点被俘。这一回，瞿波平真让他俩吃了苦头。

瞿波平的部队在八面山西头。师兴周、瞿闵生仓皇逃离，爬上八面山东头。师兴周派人来找瞿波平，说是要碰面商量下一步怎么搞。

"好，"瞿波平答复来人，"等我回二梭安置好伤兵再说。"次日，却将部队拖往桑植方向去了。

六十六

解放军攻下里耶后，便驻扎下来，向当地百姓详细了解八面山的情况。其山势险恶，山路狭窄、陡峭、隐秘。一个叫燕子洞的大山洞，是师兴周的巢穴，他曾强令大达、三甲两个乡的村民，前后用去三四个月时间，抢修燕子洞的坚固工事。洞里储存有足够的粮食、腊肉、食盐和烧柴。他曾对人吹嘘，八面山是一夫当关，万夫莫开，燕子洞是解放军攻不破的"小台湾"。

解放军做好充分准备，完成进攻部署，由当地山民做向导，分两路总攻八面山。三日后，终于攻上八面山，包围燕子洞。师兴周的队伍在洞内顽强抵抗。解放军用重机枪、迫击炮发起猛烈攻势。第二天深夜，洞内守军看到洞口工事已崩塌，变成一堆豆腐渣，便赶紧逃往另一洞口，以绳为梯，从绝壁吊至山下，四散溃逃。师兴周精心构筑的天堑"小台湾"彻底瓦解。

师兴周生性狡黠，他并不在燕子洞内，将指挥部设在山上的西壁岭。眼看大势已去，他便丢兵弃卒，只带几个亲信逃下八面山，进入四川境内，又连连遭遇解放军追堵。无奈之下，他只好回过头来，在八面山下的西眉峡、磨槽湾一带东躲西藏。到后来竟留着胡须长发，衣衫褴褛，手持一根"打狗棍"，装扮成乞丐模样，藏在内七棚一带亲戚部属家中。

师兴周一个叫师文禹的儿子，正在省立八师读书，经解放军永顺军分区领导动员，表示愿意劝说父亲投诚。军分区领导给师兴周写了一封书信，交师文禹随身带去。

书信内容如下：

> 全国各地都解放了。湖南在程潜主席领导下已和平解放。现你仅占龙山一小块地方，就是整个湖南让你占领，你也无多大办法。希你即（及）早回头，靠拢人民，可保障你生命财产安全。

师文禹辗转几地，最后在内七棚一个亲戚家中找到父亲，将军分区领导的信给他看了，又陈说利害，告诉他瞿闵生已经投诚，老统领陈渠珍也起义投诚了。师兴周左思右想，看来除了投诚之外别无他途，便让儿子师文禹领着，向驻扎在内七棚的解放军某部投诚。

六十七

师兴周、瞿闵生投诚后，解放军集中兵力来搞瞿波平了。瞿波平在龙山、来凤一带流窜，将部队分散活动。

"师长，"一个营长请示，"从十字路带来的那个解放军俘虏怎么处理？"

经营长一提，瞿波平才想起来，在十字路曾和一小股解放军遭遇，俘获一个解放军战士。

"放了他吧。"瞿波平说。

"师长，"那营长担心说，"我们部队的情况他都晓得了，怎么放得呀？"

"你们看着办吧。"瞿波平正为部队行动着急，心里七上八下，随口应了一句。

事后才知道，他们把这个战士杀害了。虽说并非他的本意，但在当时情况下，杀个把人实在算不得什么大事，他就不再过问。

瞿波平照旧采取从前同国军周旋的办法，将部队分散，不让解放军找到。他们十个八个出来，就马上派兵伏击。曾两次俘获解放军战士，他吸取教训，再不带走了，给他们每人五块光洋，叫他们回部队给长官带话："我们前世无冤，今世无仇，莫要紧追起我们打了。"这样伏击几次，又怕遭解放军大部队包围，他便集拢三百多人，先拖到来凤山内，后拖回老家二梭。

一听说召头寨的解放军已经调走，瞿波平又活跃起来，立即率队去那里收鸦片税。收完鸦片税，听说龙山县城的解放军全调往五寨、洗车河，他竟张狂起来，以新十师名义，发布安民告示，大肆扩招队伍。师兴周的外甥贾奇才，本来已向解放军投诚，这时又反水，带着许多人枪来投。

由于参谋长侯振汉怂恿，瞿波平竟然将新十师改称"反共救国军总司令部"。瞿波平以总司令名义，发布"战胜字第〇〇一号"命令，誓与解放军对抗到底。

打探到龙山县城只有一个连的解放军留守，瞿波平便跃跃欲试，图谋攻占县城。召头寨有白莲教神兵队伍，传说有妖术魔法，刀枪不入。瞿波平找到神兵首领丁大鹏，问他攻打龙山城有无把握。如有把握，便去攻打。

丁大鹏抓紧对神兵训练几天，跑来对瞿波平说，可以去攻城了。行前他特别警告大家，丢在路上的钱和枪都不能捡，否则法术就不灵了。神兵打起三面紫色大旗，到得城下，大声念诵密语。守城的解放军好生沉着，直等到神兵走近，手榴弹一炸，神兵都变成死兵。攻城失利，瞿波平只好把部队拖回召头寨。

不多久，解放军来攻打召头寨了。瞿波平就撤退到来凤、桑植一带。副师长杨树成回四川被解放军围追堵截，立脚不住，率队跑来龙山，与瞿波平在明溪会面。解放军又围追上来，瞿波平的警卫营被打垮，他从山上突围出来，杨树成毙命。杨的部队由瞿波平带了两天，仍叫他们回四川去。不出二十天，听说他们全部向解放军投诚。

七打八打，瞿波平的人越打越少，只剩下七八十人了，子弹也所剩不多了。正在走投无路时，解放军湖北恩施军分区司令员李人林托人送来一封信，力劝瞿波平要识时务，尽快向解放军投诚。

瞿波平大字不识一个，是叫人念给他听的。信中提及一桩旧事，一九四七年，李人林任解放军江南游击纵队副政委，与司令员兼政委张才千，各带一个支队，深入湘鄂川黔数县，寻找叫驴子彭春荣和瞿伯阶的队伍，以便在江南立住足跟，开辟一块根据地。经过一个多月寻访，探明彭春荣已死，瞿伯阶去向不明，才结束寻找民变武装的活动，迅疾东进。

瞿波平全神贯注，听得清清楚楚，解放军的司令员，信中称瞿伯阶、彭春荣的队伍为民变武装，并未称其为土匪。两年多前，还专门来寻找这两支队伍，打算做解放军的依靠，开辟一块根据地。

唉唉，现在完全不同了，时光弄人啊！他瞿波平已经是解放军的对头。你打我，我打你，打成了不共戴天的仇家。缴枪投诚，解放军饶得了他吗？又有传言，解放军见投机的要杀，吸鸦片的要杀。有这两杀就够了，何况他手上还沾了解放军的血呢！

六十八

正当瞿波平左右为难、心神不定之时，又发生一件奇事，现为湖南省主席的程潜，居然也派人给他送来一封信。程潜，国民党元老，军界举足轻重的将领，起义后仍然被共产党重用，继续担任湖南省临时人民政府主席。

曾记得，瞿伯阶生前去长沙面见程潜回来，一再告诫瞿波平，要相信程潜，一定要听程潜的话。程潜来信写些什么？他让族弟瞿兴孝念给他听。来信内容是：

波平弟：

听说你在龙山一带做反共活动，因为我和你哥哥的关系，希望你把人枪交给当地解放军，即来长沙见我。

程潜

×月×日

这封信，这么几句话，搅得瞿波平心如乱麻。程潜令他向解放军投诚，他必须服从，这是无话可说的。可是转念一想，程潜这个名字谁都可以写，盖在信上的图章谁都可以刻，至于那个"湖南省临时人民政府"的信封和信笺，也是很容易制作的。是不是解放军略施小计，把我骗去，好解决我？

瞿波平始终放心不下，翻来覆去地琢磨。他躺在鸦片铺上，吸着鸦片，叫瞿兴孝把信一遍又一遍念给他听，听着听着，终于听出一点门道，信上这几句话，简单，生硬，毫不客气，是长官对下属下达命令的语气。他认定，这信不是解放军伪造的，确是程潜亲自写的。军人以服从命令为天职，程潜的命令，他岂敢违抗？可在交出人枪之后，解放军能放过他吗？谁知道？他把心一横，要杀要剐，只能听天由命了。

第二天，是个好天气，晴空万里，熏风徐来。瞿波平身着国军少将黄呢子军装，头上包着毕兹卡人字形大头帕，走到二梭老兴场。在乡公所门口，他犹豫起来，两腿木然不听使唤了。

"报告，"挨上好一阵，他才硬起头皮，走进乡公所，给永顺军分区司令员叶建民举手敬个军礼，大声说，"我是国军新编第十师师长瞿波平，奉程潜长官之命，向人民解放军缴械投诚。"

叶建民紧紧握住他的手，对他表示热烈欢迎。

瞿波平把新编第十师仅有的人枪向解放军交割完毕，要求马上离开龙山，去省会长沙面见程潜主席。自己在龙山玩了十来年枪杆子，得罪的人不在少数，不能在此地久留。

叶建民司令员将他接到永顺军分区，请他和陪同他的族弟瞿兴池一道吃饭。

"我们已和程潜主席联系，"叶司令员说，"你到长沙后，他将安排你去南岳军校学习，一边学文化，一边学革命道理。"

"是要好生学习，"瞿波平很是高兴，说，"我这个睁眼瞎应该做个明眼人了。"

"不知你还有什么要求？"

"别的要求没有。"瞿波平忐忑不安地说，"你们知道，我吸鸦片多年，烟瘾很大，不是一下子可以不吸的，只能慢慢戒掉。"

"这个我们已经考虑到了，你需要多少就带多少，随你的便。"

这天凌晨，一辆小吉普从花垣出发，循川湘公路，朝长沙方向急驰而去。波平波平，心潮难平。他两眼直直地看着前方，但见山头浮出一抹朝霞，哦，新的一天开始了。公路两旁，绵延无尽的油桐树，绽放着朵儿硕大的如雪的花簇。但不知这条铺满花簇的道路，是通往一个怎样的未知的神秘世界？

二〇一六年十月廿九日

（依据瞿波平先生、瞿伯阶之子瞿崇胜先生、彭春荣之妻周纯莲女士多人提供素材加工创作）

为国服务　喜获新生

瞿波平

　　一九五三年十二月，南岳军校将我转业到武汉市中南工农干校任总务工作。待遇为四百七十分，工资为人民币一百零四元。人民政府对我们有这样宽厚的待遇，是我料想不到的。比起那些老干部来，我们有何功何德，而能享受到这样高的工资待遇呢？在干校总务科，无论什么事，我见着就干。布置教室，打扫灰尘，搬运桌椅板凳，我同工人同志们一样干，他们两人抬一张桌子或一个人扛一张桌子，而我一个人扛两张桌子。不管桌子上有灰无灰，我扛着就跑。那年冬天各教室和办公室都要生火炉子，要我到外面去找临时工来安装，每一个临时工每日需要三块钱的工资。我一计算，认为划不来，不如自己动手搞起来。没有几天，我把所有各室的火炉都安装好了。可是生炉子的柴火没有人劈，也是要到外面去请人，我又主动地担负起这个责任。那一个冬天生炉子的柴火，完全是我一个劈好的。不独为单位节省了一笔开支，也给大家许多的方便。有人夸奖我说："到底是在南岳军校学习好了的人，真能吃苦耐劳哇。"

一九五四年的夏天，各地大雨成灾，长江水位猛涨，全市人民为了保卫大武汉，奋勇地参加防洪防汛的工作，因而战胜了百年少见的水患，保卫了武汉人民生命财产的安全，受到党中央毛主席的嘉奖。在防洪斗争中，我们工农干校的全体学生和干部都投入了这场搏斗，在一个星期的战斗中，日夜不分，没有好好睡过觉，没有好好地休息过，大家都干得热火朝天。我也越干劲头越大，别人挑着单担子，而我和一些青年一样，总是挑双担子，一担挑四个畚箕，而且是上得满满的，跑得快快的，总是赶在别人的前面。防洪工作结束后，我被评为先进工作者。

中南工农干校的校长韩文举同志，认为我在劳动上的表现突出，与一般干部比较起来是了不起的，是深刻接受了党的教育的具体表现，缺点就是我没有文化，在他的关心和照顾之下，要我去扫盲，到夜校去学习文化。我感到格外高兴，当时我虽年过三十，但很愿意当个小学生，从头学起。开始一个字一个字地认，每学一个字我牢牢地记在心里，不会忘记。写不到的字，用一张纸蒙在字的上面照着写。不认识的字，不懂的意思，就去请教同学和同事，他们都知道我的底子，很热情地帮助我，有时还主动地来找着教我。而我自己也是更加勤奋地学习，经常是别人都睡了，我还要在灯下学习一段时间再去睡觉。功夫不负有心人，从一九五四年二月到一九五四年十月，一共只学了八个月，报纸上的字我就能够认识到三分之二了。文具纸张学费都是单位供应，可惜的是后来因为搞运动停止了学习，不过从那以后我就有自学的能力了，慢慢地提高到了初中水平。回想我家祖祖辈辈没有一个读书的人，如今我文化上翻了身，内心里对共产党是感激不尽的。

中南工农干校在大行政区撤销以后，就转到武汉行政干校了，我仍旧是搞总务工作。这里的学员共有三四百人，所有布置教室、搬桌椅板凳的事都是我带头领着搞。扛起桌子来，他们扛一张，我有时扛两张。冬天安装各教室办公室取暖的火炉，还是和在工农干校一样，我带着人亲自动手。有时下大雪到外面去找人拖煤炭，总要搞到七八点钟才回家，从不叫苦叫累。搞爱国卫生运动，打老鼠，捉麻雀，我是能手，工具都是我自己做的。在那一次运动中，我们行政科捉到了一千多只麻雀，打死了一百多只老鼠，在全校是第一名，受到大会的表扬和物质奖励。行政科的人说："这都是老瞿的功劳。"

一九五八年元月，我们行政干校的干部下到岱山公社劳动时，适逢东、西湖围垦，每一个公社都要抽人去搞义务劳动。我们去的干部也参加了，一连挑了二十几天土。我和农民比赛挑双担子，他们都是二十几岁的小伙子，我那时已有三十九岁，但我并不弱于他们，总是争先恐后地挑着担子跑，不知怎么有那么大的使不完的劲头。一次我的脚后跟被铁锹杀了一个口子，我还是坚持挑了两天。后来因为伤口感染化脓了，实在痛得不能走路，带队的同志一定要我休息，我还是闲不住，坐在那里帮他们修理畚箕。拿篾刀劈竹片我也能搞，绑起畚箕来，又快又好，虽然是坐在那里养病，也帮了他们的大忙。后来脚稍微好一点，我仍然继续去挑土。任务完成以后，回到公社里总结评比，我被评为坚持带病劳动，值得下放同志学习的好干部。有一次我和农民们一道挑水粪。这是一个方围约七公尺，深度达三公尺的蓄粪池子，满满一池粪。开始挑时，你一担我一担地用粪瓢舀到粪桶里挑走了。渐渐地长约二公尺把子的粪瓢舀不到池里的粪，眼看着粪池里还有不到一公尺深的粪肥上不了岸。大家正在发愁，我把两臂的衣袖往上一挽，把裤脚朝上一卷，跳下了粪池。粪水快齐腰了，我不顾衣服被粪水污透，要他们岸上的人把粪桶递给我，我把粪桶侧着直接舀满，岸上的人用扁担把粪桶系子提起上去。这样我在粪池里一桶一桶地舀，他们在岸上一担一担地挑，不久，一满池粪肥全部挑完了。我爬上岸来，不仅全身衣服上都是粪水，连我头上和脸上都沾满粪水，成了一个粪人。农民群众都称赞我这种不怕脏不怕累的刻苦精神，都说："老瞿不像是个干部的样子。"我说："我们要向农民老大哥们学习。"此外，无论插秧、割谷、耕田、耙地等哪样农活，我都能和农民们一道去干。我深深体会到劳动锻炼必须要经常不断地坚持下去，才能保持劳动人民的本色。临别时，农民群众对我们每一个都做了鉴定，对我的评语是说我能够吃苦耐劳带病工作，除劳动而外还经常帮助农民搞家务事，看不出是个干部的样子。他们还说："你们走了，我们还舍不得呢！"通过这次下放劳动，我的体会首先是中国共产党领导农民翻身做主，农民群众得到了解放，对毛主席共产党的感情是深厚的。对比之下，我在感情上却没有农民群众那样深厚。其次是干部下放劳动，体验劳动生活，体验劳动创造物质的来之不易，对于革命人生观的转变是大有裨益的。我在农村时经常听到农民群众说："不是毛主席共产党来了，你们这些干部怎么会到农村来劳动啊！我们活了几十年，从来没有看到过当官的来和我们一道劳动的，在过去连看都看不到他们哟，真是新旧社会两重天。"

一九五九年六月，我调到武汉市人民政府参事室任参事的时候，叫我代管理参事室的伙食。正碰上三年困难时期，物资缺乏，生活困难，任务艰巨，但是我很愉快地接受了这个任务。我们参事室主任胡进吾同志对我说："我知道你是从基层单位调上来的，是一个闲不住，没有事做不舒服的人。我们参事室吃饭的共有二十几个人，一个小食堂，一个炊事员，希望你管好伙食。"还鼓励我说："我知道你的办事能力，而且能够吃苦耐劳，对你做事很放心。但是要特别注意的一点就是对于吃的东西，要一视同仁，不能厚此薄彼。我是主任，我家的人也在食堂里吃饭，不要因为我是主任就对我特殊照顾一些。如果那样做就不是爱护我，而是害了我。"我把他的这个意见转告炊事员同志了，我觉得作为一个领导，哪怕在一些细节上都不特殊，不图个人的享受，才能密切联系群众，才能与群众打成一片而不脱离群众。有了群众基础，无论什么事都会得到群众的拥护，无往而不胜。从这件事上可以看出一个共产党员的高贵品质。我受到很大的教育，也给我以后做人处事打下了一个良好的基础。

一九六〇年，社会上的灾情日益严重。武汉市政府在粮食这样紧张的情况下，号召各机关单位，都要想方设法去搞生产自救，见缝插针。参事室当然也不能例外，于是领导组织大家商议，讨论搞什么样的生产对于我们最合适。大家合计以后，提出来养鸡、喂猪、种蘑菇三种方法。全参事室的五十几个人都动员起来了，推举廖传枢同志为生产组组长，推举我为副组长。由于这几种生产都可以在室内搞，对于老弱的参事比较适合。首先计划着要搭盖一个棚子，可是买木料、板皮要到离汉口三四十里以外的武汉重型机床厂去。有一天，天还没有亮的时候，我们拖着板车出发，一直搞到晚上九点钟才回，总算是把板皮拖回，可以盖棚子了。同我一道去帮忙的几位同志，他们一天来回走几十里的路都走不动，更不要说帮我的忙了。种蘑菇所需要的肥料是牛粪和马粪，这玩意儿在市区内是找不到的。我只好拖着板车到离市区二十余里的易家墩去拖肥料。冬天蘑菇怕冷，严寒的气候不适于它的生长。为了给蘑菇保暖，我们又到离参事室十多里的汉口江岸去拖煤炭，经常到市区内外去拾木柴，拿回来生火以节省开支。喂鸡、喂猪的饲料除购买一部分外，每天到各住户人家去收残水残菜渣子，有时也由他们各自送来。有几次我们到郊外去拖东西，肚子饿了，买不到吃的。看见一个卖胡萝卜根子水的担子，每碗单价是二角五分，一碗清水里有几条胡萝卜根子，我们吃得很带劲。生活虽苦，工作又累，但我从无怨言，而且越干越起劲。因为国家正在困难之中，我们这样干的目的是在支援救灾。虽然我们在生产上对国家的贡献不大，但是多多少少总算是以实际行动响应了政府的号召，也尽到了我们的一点责任。每当我们面对一些从辛勤劳动中得到的收获，内心的愉快，是难以用笔墨形容的。

一九七三年，武汉市委统战部在汉口鄱阳街景明大楼内办了一个统战学习班。参加学习的是武汉市各民主党派成员及参事室的参事、文史馆的馆员等共有百余人。我任行政组的副组长，还是同在干校一样，亲自动手带头去整理教室，搬桌椅板凳，安装炉子，有时也去学习形势。景明大楼是一座六层楼的高大楼房，在解放以前，这座大楼在武汉的建筑群中，是首屈一指的，里面的设备和外面的装饰，也是接近现代化的。解放以后这座大楼内有武汉市委统战部、武汉市政协和各民主党派的办公室。为了保护这座建筑的完好，准备将室内室外的窗户油漆粉刷一新。向外面招工油漆，仅搭架子一项就需人民币三千元以上。为了节省这一笔开支，我和其他同志自己动手来干，室内室外的第一层楼用梯子可以刷得到的地方是没有问题，二层楼到六层楼外面的窗户就有困难了。这时我开动脑筋想办法，用一个梯子伸出到窗子外面，两边用绳子系牢，与窗口平行地吊着，我就像在空中作业似的站在梯子上粉刷，有时睡在梯子上操作，一直坚持把整个楼房粉刷完毕。过了若干年后，还有人提到我那时的干劲。自从我到武汉市人民政府参事室二十余年来，一直是坚持每天上班，见事就干，尽力而为，从来不与别人攀比高低，得到领导和同志们的信任，成了参事室的骨干。

十一届三中全会以后，全国形势大好发展，我在政治上更进一步地得到党和政府的关怀，被安排为武汉市第五届政协委员，一九八三年又被安排为武汉市七届人大代表，武汉市民革委员，市参事室机关民革支部主委，武汉市参事室学习工作联络组组长等。我感到自己的工作能力、文化水平都不足以胜任这些职务，内心很觉惭愧，我深深体会到这是党和政府对我的鞭策和鼓励，人民对我的信任，促使我今后要加倍地努力，在有生之年，以"做到老，活到老，学到老"的精神，尽力而为地继续为人民多做些好事，不辜负党和人民对我的期望。

（摘自瞿波平《我的新生》）